Volg onze auteurs en boeken ook online.

lsamsterdam

WILDE AVONTUREN VAN

WILDEBRAS

EEN NACHT IN DE DIERENTUIN

Illustraties
Abe Borst

Tekst
Rikky Schrever &
Maresa Jacobse

UITGEVERIJ
LUITINGH-SIJTHOFF

Met dank aan Diergaarde Blijdorp, waar de filmpjes voor dit boek zijn opgenomen.

Tekst Rikky Schrever & Maresa Jacobse
Omslagontwerp en opmaak binnenwerk Hannah Roos
Omslagfoto Gabriel Martina © Tom Cornelissen

ISBN 978 90 210 4023 3
ISBN 978 90 210 4127 8 (e-book)
ISBN 978 90 210 4128 5 (luisterboek)
NUR 280

www.gabswildebras.nl
@wildebras.official
@wildebras.official
www.squabe.nl (Abe Borst)
www.lsamsterdam.nl
www.boekenwereld.com

Uitgeverij Luitingh-Sijthoff vindt het belangrijk om op milieuvriendelijke en verantwoorde wijze met natuurlijke bronnen om te gaan. Bij de productie van dit boek is daarom gebruikgemaakt van papier waarvan het zeker is dat dit niet tot bosvernietiging heeft geleid.

Voor tv-opnames vloog Wildebras naar Suriname. Nu is hij weer terug.
Welke foto zal ik op Insta zetten? Deze ocelot... of deze?
Wat denk jij?
Mauw!
Een katachtige, net als jij! Hij lijkt schattig, maar deze strijder is een echt roofdi...
MWAUH!
Bro, pssst! Ik praat tegen je!
Mwauw.
Als kleine jongen wilde ik al een ocelot in het wild zien, snap je.
Wat een strijder! Ze zijn ook heel nieuws.
TRINGGG
MRAUW!!!

Ah, tijd om te gaan. Ik heb afgesproken met Lili en Noah.
Vanmiddag nemen we een vlog op en daarna blijven ze logeren. Gruwelijk toch?
Even zien... camera? Check! Geheugenkaartje? Ook check!
Hengel? Check! Badeendje? Geintje, niet nodig!
Weet je, voor dit avontuur hoef ik niet met het vliegtuig. Ik kan gewoon met de fiets!
Skwiek
Kijk eens mattie! Ik zei het toch?
Je bent er ZOO!
ZOO

1 LILI

Nog twee haarspeldjes erbij. Lili grinnikt voor de spiegel. Eigenlijk is het best gek. Ze staat zich extra mooi te maken zonder dat iemand haar vandaag gaat zien.

Nou ja, niemand...

Wildebras, natuurlijk. En Noah ook.

'Ik doe het voor de dieren,' besluit Lili hardop.

Niet dat stokstaartjes nu blij worden van haar speldjes, maar dat maakt niet uit. Het is nu eenmaal fijner om je feestelijk te voelen. En iedereen snapt toch dat daar glitters bij horen? Die staan bovendien leuk bij haar paars-met-roze outfit van vandaag. Ze aait even over haar nieuwe, roze bodywarmer met extra diepe ritszakken.

Al de hele ochtend voelt ze het kriebelen in haar buik. Geen zenuwen. Of tenminste, toch niet echt. Ze weet precies waar het gevoel vandaan komt. Vandaag gaat ze helpen met het filmen van een échte vlog.

‘Jouw vlogs zijn ook echt,’ zegt Noah altijd.

Haar neef is lief en ze is gek op hem, maar hij heeft natuurlijk hartstikke ongelijk. Naar haar vlogs kijkt niemand. Logisch, want ze durft ze nog niet online te zetten. Eerst moeten ze goed genoeg zijn. Stel je voor dat ze over tien jaar beroemd is en iemand haar eerste vlog opzoekt en ze wordt uitgelachen. Dat ziet ze vaak genoeg in de *Shorts* voorbijkomen. Nee, zoiets laat ze zich niet gebeuren. Er gaat pas iets online als ze helemaal tevreden is.

En zover is het nu dus nog niet.

Noah snapt daar niets van. Hij is bijna tien maanden ouder dan zij. Toch weet hij gek genoeg weinig van vloggen, vindt ze. Ook Noah mag vandaag mee, niet omdat hij zo'n fan is van vloggen, maar vooral omdat hij zo gek is op dieren. Goed, misschien weet hij daar weer meer van dan zij. Behalve van insecten – dat is háár terrein.

Even kijkt ze naar het opengeslagen boek op haar bureau. Eigenlijk is het een heel dik schrift – maar ze noemt het haar boek. Op de voorkant staat: INTERESSANTE INSECTEN.

Ze begon ermee toen ze zes was. Toen stond er INTRESSANTE, waar ze op dat moment heel trots op was. Maar het klopte natuurlijk niet. Een jaar later propte ze de e ertussen om het goed te maken.

De binnenkant klopt helemaal.

Lili heeft er stickers, tekeningen en geprinte foto's in gestopt van alle insecten die ze extra cool vindt. Sommige hebben gekke kleuren. Andere kruipen heel grappig. Sommige zijn supermooi en lijken zelfs glitters te hebben. Zelfs spinnen kunnen mooi zijn. Mensen zijn er bang voor omdat ze verkeerd om bewegen, heeft ze een keer op een filmpje gehoord.

Mensen bewegen hun ledematen naar buiten toe. Spinnen trekken hun poten naar binnen omdat ze alleen buigspieren hebben, zei de stem in het filmpje.

Ledematen, dat zijn je armen en benen. Ook dat leerde ze van het filmpje.

Eigenlijk zijn dat net zulke filmpjes als Wildebras maakt: over dieren.

Meteen denkt ze weer aan vanmiddag. Het is al bijna zover!

Ze pakt haar borstel van het bed en gaat weer voor de spiegel staan.

'Lili,' spreekt ze zichzelf toe, terwijl ze de borstel als microfoon voor zich houdt. 'Hoe vind je dat, zomaar de persoonlijke assistent spelen van een beroemdheid?'

Ze houdt de microfoon naar haar spiegelbeeld.

Spiegelbeeld-Lili kijkt vriendelijk terug.

'Nou,' zegt haar spiegelbeeld, 'hij is natuurlijk wel gewoon mijn oom.'

Lili pakt de microfoonborstel weer terug. 'Wat ga je vandaag leren?' vraagt ze als een echte interviewer.

Haar spiegelbeeld lijkt daar even over na te denken.

'Dat weet ik nog niet. Dat merk ik vanzelf.'

Lili en haar spiegelbeeld knikken tevreden. En dan ziet ze ineens de getallen op haar wekker: het is eindelijk tijd om naar de dierentuin te fietsen!

Lili snuift de lucht op bij het verblijf van de stokstaartjes. Aan de ene kant stinken dierentuinen altijd, vindt ze, maar aan de andere kant... Het heeft wel wat. Het hoort erbij.

Haar fiets en die van Noah staan buiten tegen die van Wildebras aan. Haar oom had een enorme koffer mee, zag ze. Filmspullen! En nu ze hier eenmaal staat, is het net echt. Alsof ze al een baan heeft, een grotemensenbaan, en dat terwijl ze nog tien moet worden.

'Lil, pak jij de hengel?' hoort ze dan.

Ze schrikt op uit haar gedachten. In haar hoofd zag ze zichzelf al staan, met een hengel zelfs, bij een grote en belangrijke filmopname. En misschien zag ze zichzelf ook wel aan de andere kant van de hengel, vóór de camera...

Nu opletten, Lil, spreekt ze zichzelf streng toe.

'Ik heb hem,' zegt ze tegen Wildebras terwijl ze de hengel aanneemt.

Grappig woord, hengel. Ze bekijkt het ding eens goed. Toch een goede naam, als je erover nadenkt. Je bent ermee naar geluid aan het vissen.

'Mag ik de hengel?' vraagt Noah ineens.

Lili kijkt op. Wildebras kijkt ook verbaasd, ziet ze.

Noah duwt zijn bril op zijn neus, stopt zijn handen in zijn zakken en schopt een steentje weg. ‘Ik bedoel...’

Even is hij stil. Dan kijkt hij op. ‘Lili wil graag met een camera werken, toch?’ Hij haalt zijn schouders op. ‘Nou ja, ik denk dat het beter is als zij die vasthoudt. Ik ben niet zo goed met camera’s...’ Zijn wangen verkleuren een beetje.

Wildebras knijpt hem even in zijn schouder. ‘Goed hoor, strijder!’

Noah lijkt opgelucht.

Even wil Lili wat flauws zeggen om hem te plagen. Iets van: durf je niet? Maar Noah leek nerveus.

Slimme strijders, die stokstaartjes: ze staan rechtop om te kijken of er geen gevaar dreigt. Het zijn echte soldaten!

De grootste vijanden van stokstaartjes zijn jakhalzen. Die strijders kun je echt niet vertrouwen.

Misschien vond hij het echt heel spannend en was hij bang het niet goed te doen. Daarmee plagen voelt niet goed. Maar waarom zou Noah zo zenuwachtig zijn? Je laat een camera toch niet zomaar vallen?

Even later lijkt er juist niets over van die zenuwen. Noah staat zo te springen dat Wildebras hem lachend moet kalmeren.

Ze staan nu dichter bij de stokstaartjes, die grappig rechtop staan. Lili richt de camera op Wildebras én op het groepje stokstaartjes achter hem.

'Het zijn roofdieren,' zegt Noah. Hij is gestopt met springen, maar hij ratelt aan één stuk door. 'Maar dat zou je niet zeggen als je ze ziet. Ze behoren tot de

In het Afrikaans heten stokstaartjes meerkatten. LOL!

mangoesten en leven in het zuiden van Afrika...'

'Hé, strijder, neem je mijn baan straks over?' zegt Wildebras lachend.

'Oeps,' zegt Noah. Nu staat hij eindelijk stil met de hengel. En zijn mond staat ook stil. Alleen aan zijn ogen kun je nog zien hoe leuk hij dit vindt – die stralen dwars door zijn brillenglazen heen.

Lili voelt dezelfde opwinding. Niet vanwege de stokstaartjes, al zijn ze echt heel leuk. Nee, zij vindt dít heel cool: filmen. Deze camera is zo anders dan die van haar. Het liefst zou ze alle functies bekijken en dingen uitproberen. Dat kan nu niet, ze heeft een taak. Heel precies zet ze de camera op het statief. Wildebras komt even naast haar staan.

'Ja, helemaal goed. Fijn dat de focus ook klopt.' Hij knikt nog een keer.

Lili gloeit van trots. Ze is blij dat ze thuis veel heeft geoefend met haar eigen camera.

Nu gaan ze pas echt beginnen. Wildebras vertelt over de stokstaartjes en ze nemen hetzelfde stukje een paar keer op. Af en toe geeft Lili de camera aan Wildebras. Hij maakt dan een paar opnames in selfiestand.

Na een tijdje gaan ze ergens anders staan om bewegende stokstaartjes te filmen. Dat is best lastig, want de dieren schieten soms alle kanten op. Ook mogen ze niet zomaar een bezoeker op beeld hebben staan die naar de stokstaartjes kijkt. Het wordt gelukkig steeds rustiger, tot ze na een tijd met z'n drieën overblijven bij de stokstaartjes.

Hoelang waren ze bezig? Lili weet het niet meer. De tijd ging zo snel. En toch voelt het ook alsof ze hier al een hele dag zijn.

'Mag ik nog even kijken naar de laatste opnames?' vraagt Noah enthousiast.

'We moeten wel zo gaan inpakken,' zegt Wildebras, die de camera aan Noah geeft.

Lili zoekt om zich heen en ziet een klok. 'O! Het park gaat bijna dicht!'

Wildebras knikt en klikt zijn koffer open. Hij zet zijn cameratas met zebraband ernaast en stopt alle spullen op de juiste plek terwijl hij hardop opsomt: 'Batterijen, geheugenkaartjes... check!'

Lily kijkt om zich heen. Er moet nog veel worden ingepakt, maar ze weet even niet wat ze het beste kan doen.

Dan steekt Wildebras zijn hand uit naar Noah. 'Camera?'

Vergist Lili zich, of ziet Noah ineens heel bleek?

‘Eh,’ zegt Noah, die een stap naar achteren zet. ‘Ik moet nog even... een laatste stukje filmen.’

Lili ziet dat Wildebras hem vragend aankijkt. Hoezo wil Noah ineens iets filmen?

‘Pak maar alvast alles in, goed? Ik ben zo terug,’ zegt Noah. Dan rent hij weg.

‘Ik ga mee,’ zegt Lili tegen Wildebras in een opwelling. ‘We zien je straks.’

‘Is goed,’ antwoordt Wildebras. ‘Ik ga na het inpakken nog even bij de koedoes hiernaast kijken. Jullie vinden me daar.’

2 NOAH

Dit kan niet waar zijn! Noah kan wel janken.

Hij wilde echt alleen maar naar de opnames kijken. Even de stokstaartjes terugzien. Maar toen de camera vroeg: *Weet je zeker dat je deze opnames wilt verwijderen?* had hij per ongeluk niet op 'nee' geklikt. Zie je wel, hij had er gewoon niet aan moeten komen.

'Hé,' klinkt de stem van Lili naast hem.

Even schrikt hij, maar dan ziet hij dat Lili alleen is. Wildebras is er niet bij. Ineens krijgt hij hoop. Als er iemand is die veel van camera's afweet, is het Lili. Zij kan dit vast oplossen. Dan hoeft hij het niet aan Wildebras te vertellen...

'Ik heb iets stoms gedaan,' zegt hij.

Hij duwt de camera in Lili's handen. Lili fronst.

'Kijk maar,' zegt Noah.

Zelf durft hij dat niet meer. Het liefst doet hij nu zijn

ogen dicht tot alles weer in orde is. Maar zo werkt dat natuurlijk niet.

'O,' zegt Lili.

Aan haar toon hoort Noah dat ze het ineens begrijpt.

'Kun je op die camera naar de prullenbak?' vraagt Noah. Hij denkt aan zijn telefoon. Daar blijven foto's altijd een tijdje staan nadat hij ze heeft verwijderd. Ook daar heeft Lili hem een keer mee geholpen.

Lili kijkt hem aan. Haar ogen stralen niet zoals normaal.

'Zo werkt dat niet, Noah...'

Noah kan het wel uitschreeuwen. Wat moet hij nou doen?

'We gaan dit oplossen,' zegt Lili rustig.

'Maar hoe?' vraagt Noah.

Hij vindt het knap dat Lili niet in paniek raakt. Maar ja, zij heeft ook niet de beelden gewist. Dat is toch echt helemaal zijn schuld...

'Ik denk dat Wildebras bijna klaar is met inpakken,' zegt Lili. 'We hebben dus niet veel tijd.'

Al hadden ze de hele dag, denkt Noah, ze kunnen toch niet alle beelden opnieuw opnemen? En...

'Het park gaat nu toch dicht?' vraagt hij.

Ze zouden na sluitingstijd met hun oom frietjes gaan eten en daarna blijven logeren. Dat is nu. Er is dus helemaal geen tijd.

Maar Lili lijkt nog steeds niet in paniek.

'Ik heb voor die laatste opnames een nieuw geheugenkaartje gebruikt,' zegt ze. 'We hoeven dus alleen die stokstaartjes nog een keer los te filmen...'

Eindelijk begrijpt Noah wat Lili bedoelt. En nu dringt ook langzaam tot hem door wat hij heeft weggehaald. Niet álle beelden. Alleen de laatste tien minuten, want die pasten niet meer op de eerste geheugenkaart. Dat hij daar niet meteen aan dacht! Hij had Lili zelf het kaartje erin zien stoppen. Hij zou willen dat hij niet zo snel in paniek raakte, dan kon hij beter nadenken.

'Ik had van de camera af moeten blijven,' moppert hij. Want hij baalt nog steeds. Er is een reden dat hij liever hielp met de hengel. Dieren vindt hij hartstikke leuk, maar camera's...

'Kom op,' zegt Lili. 'Ik heb een idee.'

Op de grens van drie dierenverblijven staat een enorme boom. Een boom zoals je in Afrika ook ziet.

'De levensboom,' zegt Lili, die er recht op afloopt. 'Dat heb ik gehoord toen ik met school naar de dierentuin ging. Hij heet anders, ik dacht iets met een b. Baobab?'

'Baobabboom,' zegt Noah, die de naam wel heeft onthouden. Hij deed diezelfde schoolreis een jaar eerder, maar de naam is blijven hangen. Hij weet alleen

niet zo goed waarom Lili er nu ineens naar wil kijken. Daar hebben ze toch al helemaal geen tijd voor? Heeft ze niet in de gaten in wat voor problemen hij zit? Hij kijkt even over zijn schouder om te zien of Wildebras er niet aan komt.

Als hij zich weer omdraait, is Lili weg.

Zijn hart begint sneller te kloppen.

'Lili?'

Niets. Hij loopt om de boom heen. En nog een keer. Dan kijkt hij rond.

Niemand.

'Pssst!' hoort hij ineens.

Waar kwam dat vandaan? Noah loopt nog een keer om de enorme stam van de boom heen.

'Nee, hier,' klinkt Lili's stem. 'Boven je hoofd!'

Noah kijkt meteen op. Lili kijkt lachend op hem neer, de band van de camera om haar nek en schouder. De camera bungelt op haar linkerzij. Ze zwaait.

'Kom je? We gaan de stokstaartjes van bovenaf filmen.'

Het duurt even voor Noah ook naast Lili zit. Hij moest eerst op zoek naar het stuk stam dat Lili als opstapje had gebruikt. Vanaf daar kon hij een stevige, kleine tak vastpakken en zichzelf omhooghijsen. Het leek zo makkelijk, maar het voelt best zwaar.

'We moeten deze kant op,' zegt Lili wijzend. 'Ik weet alleen niet welke takken ons goed houden.'

Noah slikt. 'Misschien moet ik dan alleen gaan,' zegt hij. 'Samen wegen we meer.'

'Ik ben lichter,' zegt Lili.

'Maar het is mijn schuld van de beelden,' zegt Noah.

Hij weet zelf dat dat niet logisch klinkt. Schuld maakt je niet lichter. Maar toch...

'We gaan gewoon samen,' zegt Lili. 'Deze boom staat er al langer dan ik leef. Die houdt ons wel.'

Noah hoopt dat ze gelijk heeft. Voorzichtig bewegen

ze in de richting van de stokstaartjes. Het lijkt er alleen niet op dat ze echt dichtbij kunnen komen. Er is maar één tak die stevig genoeg lijkt.

'Maar die gaat helemaal niet naar de stokstaartjes,' zegt Noah hardop, als Lili erop wil klimmen.

'Weet ik,' zegt Lili. Ze stopt even en kijkt om. 'Ik kan inzoomen. En dichterbij komen we echt niet.'

Noah voelt voor de zekerheid nog een keer aan de takken die zich uitstrekken naar het verblijf van de stokstaartjes. Eentje zakt al in als hij ernaar reikt. Nee, dat wordt niets. Maar waar komt die dikke tak dan op uit?

Hij ziet dat Lili intussen iets verder is gekomen. Op zich snapt hij wel wat ze wil doen. Als ze eenmaal op het einde van die dikke tak zit, heeft ze geen bladeren meer voor zich. Dan kan ze ver kijken, van bovenaf. De stokstaartjes filmen moet dan ook lukken.

Toch zit het hem niet lekker. Hij voelt het in zijn buik. Net of het een spons is die iemand uitknijpt.

Hij klimt snel maar ook zo voorzichtig mogelijk naar Lili.

Ineens weet hij heel goed waar dat gevoel vandaan komt. En hij weet ook dat hij er maar beter naar kan luisteren.

'Lil, kom terug,' zegt hij, met paniek in zijn stem.

Hij snapt niet dat hij het

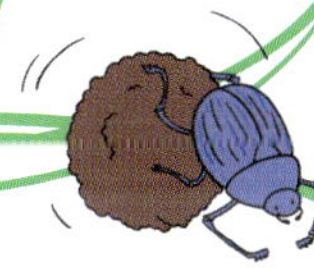

niet eerder doorhad. Zijn gevoel zei namelijk dat die tak niet boven een veilige plek hing. En de tak mag dan wel dik zijn, je kunt eigenlijk het risico niet lopen.

'Wat is er?' vraagt Lili, die bijna op het eind van de tak zit. 'Hij houdt het prima.'

'Maar straks val je,' zegt Noah. 'Pak mijn hand, ik help je om terug te komen.'

Hij kruipt een stukje dichter naar haar toe.

'Het gaat goed, hoor,' zegt Lili. 'Ik kan zo beginnen met opnemen. Alleen nog scherpstellen.'

Noah voelt zijn buik weer samentrekken. 'Ik wil het niet meer,' zegt hij. 'Ik vertel wel gewoon dat ik het heb verpest, oké?'

Ineens weet hij niet meer waarom het zo erg was om zijn fout op te biechten. Het gevoel dat het hier mis kan gaan vindt hij veel erger. Hij kijkt even in de richting van de stokstaartjes, maar ziet ze nergens meer.

Zul je zien, zijn ze natuurlijk net achter een struik verdwenen of in hun holletje gekropen.

'Oké,' zegt Lili zuchtend, al lijkt ze het nog niet op te willen geven.

Noah schuift een klein stuk verder naar haar toe zodat ze bij zijn hand kan.

En dan klinkt er een enorm gekraak.

Hij hoort Lili gillen, voelt zichzelf vallen.

Wat een geluk dat hier een heuveltje is, dan vallen we niet zo diep, denkt hij nog.

Maar ze hebben geen geluk: ze belanden net binnen het verblijf, op de heuvel naast de hoge afscheiding.

Noah weet dat de val nog maar het begin is van alle ellende.

Nu ze die hebben overleefd, moeten ze nog iets veel ergers overleven...

'Wildebras, help!' schreeuwt Noah zo hard als hij kan. 'We zitten hier! Bij de gevlekte hyena's!'

3 WILDEBRAS

Hoort hij dat nu goed? Wildebras spitst zijn oren. Hij was snel klaar met inpakken en was al op weg naar de koedoes gegaan. Maar hij weet zeker dat hij zijn naam heeft gehoord. Maar dat laatste... dat was toch zeker een grap?

Met zijn koffer onder zijn arm haast hij zich naar het verblijf van de hyena's. Noah is niet van de flauwe grappen, denkt hij. En Lili eigenlijk ook niet. Er is een reden dat hij zijn neefje en nichtje mee had gevraagd: ze nemen het filmen serieus en denken goed om hun veiligheid. Trouwens, hij begint trek te krijgen. Straks lekker frietjes en een kaassoufflé bestellen, dan kunnen ze dat met z'n drieën op de bank opeten en intussen de opnames bekijken. Daar heeft hij pas echt zin in!

Hij negeert zijn rammelende maag. Eerst Noah en Lili vinden, die zullen ook wel trek hebben.

Bij de baobabboom staat hij stil. Er klopt iets niet. Maar wat?

Dan ziet hij een stuk verderop een afgebroken tak tegen een hoog hek staan. Meteen begint zijn hart sneller te kloppen. *Dit kan toch niet waar zijn...* Of is het een slechte grap van Noah en Lili?

'Noah? Lil?' roept hij.

'Hier!' klinkt de stem van Lili.

'Ja, hier!' antwoordt Noah.

Helaas klinkt het alsof het geen grap is. Van die kant af kan het maar één ding betekenen: ze zitten echt in het verblijf van de hyena's.

Inmiddels moeten ze nu de enige bezoekers in het park zijn. Hij ziet niemand meer, dus om hulp roepen heeft geen zin. Iedereen is vast al naar huis. Maar het betekent wel dat de bewakers straks hun ronde gaan doen.

Even is hij opgelucht, want misschien kan iemand de sleutel halen voor het verblijf. Maar Noah en Lili moeten zo snel mogelijk ontsnappen, dus er is geen tijd om te wachten – en Wildebras heeft nog niemand een ronde zien maken. Vanwege een verbouwing staat er verderop in het park een tijdelijke controlekamer voor de bewakers. Dat is een heel eind van alle verblijven vandaan. Het kan dus even duren voordat er iemand komt. Bovendien, als hij straks bij een hyenaverblijf staat met twee kinderen aan de andere kant van het hek mag hij misschien wel nooit meer terugkomen in het park.

Hij zet zijn koffer uit het zicht achter de boom en rent naar het hyenaverblijf. Voor de zekerheid houdt hij zijn kleinere cameratas bij zich. Die zebrastrap valt erg op, en iets zegt hem dat het niet handig is om de tas te laten rondslingeren. Straks is hij hem kwijt.

Lili en Noah staan samen achter het hek, naast de heuvel. Mooi, ze moeten bij elkaar blijven, dan lijken ze sterker. De hyena's weten dat gelukkig ook. Maar dat betekent niet dat Lili en Noah niet in gevaar zijn...

'Wat is er gebeurd?' vraagt Wildebras. 'Hoe kan dit nou?'

Er gaat zoveel door zijn hoofd dat hij er bijna duizelig van wordt. Hij hoort intussen de uitleg van zijn neefje en nichtje maar half, zo hard probeert hij na te denken over een oplossing.

'Hebben jullie de hyena's al gezien?' vraagt hij als Noah en Lili zijn uitgepraat.

Ze knikken.

'Een stuk verderop, in die hoek.' Lili wijst naar achteren.

Wildebras knikt. 'Dat is de ingang voor de verzorgers. Maar het is ook naast hun speelplek.'

'Ja!' zegt Noah, die even vergeet dat hij met wilde dieren zit opgesloten. 'Ze houden van vreemde voorwerpen, zoals verse takken, kartonnen dozen, veren...'

Hij stopt met praten als hij ziet dat Lili en Wildebras hem allebei aanstaren.

'Oeps, sorry. Dat is voor een ander moment.'

'Zolang ze wegblijven, is het goed,' zegt Wildebras. 'We moeten op zoek naar een plek waar jullie er veilig weer uit kunnen.'

'Wat als ze wel naar ons toe komen?' vraagt Lili. Ze lijkt ineens heel wit in haar gezicht.

'Ze zullen om je heen proberen te draaien,' zegt Wildebras. 'Blijf rustig. Nooit gillen. Maak geen onverwachte bewegingen.'

Hij ziet dat Noah Lili's hand vastpakt. 'En bij elkaar blijven.'

Wildebras knikt.

'Ga voor nu aan de andere kant van het verblijf staan en houd de hyena's in de gaten. Ik kijk waar jullie kunnen ontsnappen.'

Wildebras rent een rondje om het verblijf en ziet maar één oplossing: via de deur van de verzorgers naar buiten. Hij heeft een trucje om die deur open te krijgen, al heeft hij zich altijd voorgenomen dat nooit te gebruiken – behalve in geval van nood. Dit lijkt hem toch wel een geval van nood...

Hij haalt iets scherps uit het zijvakje van zijn cameratas en draait er voorzichtig mee in het slot. Als de deur open is, kijkt hij naar binnen. Geen hyena te zien. Hij sluit de deur weer, maar laat hem nog wel van het slot door er een kleine tak tussen te steken. Hopelijk kunnen Noah en Lili zo meteen hierdoorheen ontsnappen.

Wildebras rent zo snel hij kan terug naar de plek waar Lili en Noah staan. Normaal is hij helemaal gek van de gevlekte hyena, maar door alle stress kan hij de dieren nu niet bewonderen. Dat er af en toe eentje wat dichter bij zijn neefje en nichtje lijkt te komen, vindt hij maar niets.

Door het hek kijkt hij naar hen. 'Jullie moeten naar de deur vlak bij de grote stenen rots,' zegt Wildebras. 'Die deur voor de verzorgers is de enige uitweg. De hekken zijn echt te hoog.'

Lili knikt. Noah slikt even en knikt dan ook.

'Dan moeten we dus naar de andere kant,' zegt Lili.

'Alleen zagen we daar net een groepje hyena's,' zegt Noah.

'We wachten tot ze daar weg zijn,' besluit Wildebras. 'Ik geef een teken als het veilig is. Blijf bij elkaar.'

Onderweg terug naar de deur schudt hij zijn hoofd. Hij had gehoopt dat deze filmdag een gezellig uitstapje zou worden, met frietjes en kaassoufflés na en een leuke logeerpartij. Een avontuur als dit stond niet op zijn lijstje. En hij moet er nu wel echt voor zorgen dat het goed afloopt.

Dan lijkt het of hij de deur dicht hoort vallen. Wildebras versnelt zijn pas. Gelukkig. Als hij bij de deur aankomt, zit de tak er nog gewoon tussen, al lijkt hij wel iets te zijn verschoven. Misschien door het gewicht een stukje naar beneden gevallen?

Nu hij bij de deur staat, ziet hij welk groepje hyena's Noah en Lili bedoelden. Vier hyena's zetten het op een holletje als hij eraan komt. Was die ene niet zwanger, een tijdje terug?

Hij zet die gedachte uit zijn hoofd. Feiten over hyena's heeft hij nu even niet nodig. Het belangrijkste is dat ze niet meer bij de speelplek zijn. Zo te zien gaan ze naar het water, aan de andere kant van het hyenaverblijf.

Snel rent hij terug naar Lili en Noah, zodat hij niet hoeft te schreeuwen. 'Kom, snel, de hyena's zijn weg bij de speelplek,' zegt hij hijgend. Van al dat heen en weer rennen raakt hij buiten adem. En natuurlijk ook van de spanning.

Lili komt meteen in beweging. Noah volgt haar op de hielen. Wildebras rent met hen mee aan de andere kant van het hek. In het voorbijgaan ziet hij de grote afgebroken tak. Wat een pech. Hij denkt dat de storm van afgelopen week niet heeft geholpen. Toen Lili en Noah erop gingen zitten, moet de tak al flink door de wind beschadigd zijn geweest. Wildebras heeft het vaker zien gebeuren, ook toen hij op safari was. Grote, dikke takken die op het oog heel sterk leken, waren toch geknapt.

Inmiddels staat Wildebras weer bij de deur. 'Lukt het?' vraagt hij, terwijl hij zijn hoofd voorzichtig door de opening steekt.

Even later ziet hij Lili en Noah verschijnen.

'Dat was echt heel eng,' zegt Lili, die nu een stuk opgeluchter klinkt.

Noah stapt achter zijn nichtje de deur uit. Snel laat Wildebras die weer in het slot vallen.

'Eh...' zegt Noah dan, terwijl hij naar Lili's linkerzij kijkt.

'Wat is er?' vraagt Wildebras geschrokken aan Lili. 'Ben je gewond?'

Maar het lijkt er niet op. Hij ziet niets aan haar. Toch kijkt Noah zo vreemd naar haar.

Lili kijkt ook omlaag en haar gezicht betrekt. 'De camera...' zegt ze, terwijl ze nu ook verbleekt. 'Die ligt nog bij de hyena's.'

4 LILI

Lili kan wel door de grond zakken. Ze weet ook precies wanneer het is misgegaan. Toen ze samen met Noah op Wildebras stond te wachten, had ze de camera op de grond gezet. Zij en Noah wilden namelijk kijken of ze op een andere plek uit het verblijf konden klimmen. Alleen vergat ze daarna dat ze de camera weer moest pakken...

'Sorry,' zegt Lili.

Ze ziet steeds voor zich hoe ze de camera neerzet. In haar hoofd pakt ze hem op. Dat had ze gewoon moeten doen!

'Ik denk dat de hyena's je een beetje te veel hebben afgeleid,' zegt Wildebras.

Lili kijkt verbaasd op: hij klinkt helemaal niet zo boos als ze had verwacht.

'Ja, ik baal als een stekker,' zegt Wildebras. 'Maar

mijn camera kan tegen een stootje. We krijgen hem echt wel terug.'

Opgelucht haalt Lili weer adem. Ook Noah kijkt ineens minder zenuwachtig, ziet ze.

'We lopen snel een rondje om het hek,' stelt Wildebras voor. 'Dan kijken we of we hem zien.'

Ze lopen naar de andere kant van het verblijf. Lili is blij dat ze deze keer aan de goede kant van het hek loopt. Veel veiliger. Even gaat er een rilling door haar heen. Ze heeft echt veel geluk gehad. Samen met Noah en Wildebras speurt ze overal naar de camera, maar ze ziet hem nergens liggen. Hoe kan dat nou? Ze weet zeker dat ze hem dáár op de grond had neergelegd.

'De tak moet nog weg,' zegt Noah ineens. Hij staat stil en wijst naar het hek. De afgebroken tak leunt tegen het hek en steekt recht omhoog. Gelukkig steunt de zware kant op de grond, maar ze moeten alle drie toch hun gewicht in de strijd gooien om de dikke, zware tak liggend op de grond te krijgen. Nu kan niemand hem als klimpaal gebruiken. Stel je voor dat morgenochtend een kind het ziet en denkt dat het een goed idee is om erop te klimmen...

Hun gesjor aan de tak trekt blijkbaar aandacht. Zes gevlekte hyena's komen achter de struiken vandaan en staren hen nieuwsgierig aan vanaf de andere kant van het hek.

Lili pakt haar telefoon om een foto te nemen, maar laat hem dan langzaam zakken. Er klopt iets niet.

Ze slikt als ze terugdenkt aan een halfuurtje geleden. Toen stond ze met Noah op Wildebras te wachten. Ze hielden samen de gevlekte hyena's in de gaten, want die moesten ze ontwijken. Lili bleef ze steeds tellen. Alle zeven. Zeven...

'Er is een hyena verdwenen!' roept ze.

Ze kan het eigenlijk niet geloven, maar het moet wel waar zijn. Net hebben ze alle hoeken van het verblijf afgespeurd, op zoek naar de camera. Alle hyena's staan de hele tijd bij elkaar, ze weet zeker dat ze geen eenzame hyena heeft zien staan. Of hij moet nog ergens achter een struik zijn blijven staan...

'Ik dacht nog: moet ik die deur wel open laten staan,' hoort ze Wildebras zeggen. 'O, nee...'

'Stond hij dan zo ver open?' vraagt Noah.

Wildebras knikt, maar schudt dan zijn hoofd. 'Niet ver genoeg dat er een hyena doorheen kan, maar...' Hij knijpt zijn ogen even dicht. 'Volgens mij hoorde ik het scharnier van de deur toen ik jullie ging halen. Dat heb ik me dan niet verbeeld...'

Ze blijven staan, alsof het niet echt tot hen doordringt. Lili hoopt dat ze niet goed begrijpt wat Wildebras zegt. En ze durft er ook niet naar te vragen. Maar doen alsof je het niet weet, helpt eigenlijk niet.

'Waar is Kaya?' vraagt Lili, die de naam van de pasgeboren hyena had gehoord tijdens haar schoolreisje. Intussen moet Kaya bijna volwassen zijn. Ze valt op tussen de andere hyena's doordat haar vacht net iets pluiziger lijkt. Alleen daaraan kun je zien dat zij de jongste is.

Ze kan bijna niet tegen de blikken van de hyena's en kijkt naar de grond. Het mogen dan roofdieren zijn die hen zo zouden aanvallen, ze zijn wel een familielid kwijt. Door hun schuld... en dat vindt ze echt heel erg.

'Kleine hyena's lijken net hondenpups,' zegt Wildebras. 'En zo speels zijn ze ook. En ook al is Kaya al een stuk gegroeid, ik ben bang dat je gelijk hebt, want ik zie haar ook niet meer. Ze kan natuurlijk nog ergens achter een rots staan of in een holletje zijn gekropen. We kunnen nog één rondje om het verblijf lopen om er zeker van te zijn, maar...'

'Wat een puinhoop,' verzucht Noah.

'We hebben nu in elk geval een duidelijke missie,' zegt Wildebras. 'Strijders... we moeten Kaya opsporen. En laten we hopen dat ze zich ergens in het verblijf heeft verstopt.'

Als ze de camera niet kwijt waren en de hyena niet écht was ontsnapt, dan voelde dit wel als een superavontuur. Nadat Lili samen met Noah en Wildebras om het verblijf van de hyena's heen is gelopen en ze alle 'verstopplekken' zoals struiken en boomstronken goed hebben bekeken, is er bijna geen andere conclusie mogelijk: Kaya is weg.

Nu pas heeft Lili door hoe groot het verblijf is. En dan is er nog de rest van de dierentuin... Hoe gaan ze Kaya ooit vinden? De moed zakt haar in de schoenen. En er is nog iets: haar maag knort. Maar op die frietjes zullen ze toch echt nog even moeten wachten.

Noah haalt ineens zijn rugzak van zijn schouders.

'Ik heb reuzehonger,' kondigt hij aan. 'Mijn vader heeft een stapel extra broodjes gemaakt voor als we trek kregen. Willen jullie ook?'

Dankbaar kijkt Lili hem aan. 'Graag!'

Meteen voelt ze zich een stuk beter. Ze lopen met z'n drieën kauwend op de broodjes verder. Daarna drinken ze om beurten uit de grote veldfles met water die Noah bij zich heeft.

'Is er iets wat je niet hebt ingepakt?' vraagt Wildebras lachend.

Noah grijnst. 'Ik heb ook een slaapzak. Die neem ik altijd mee als ik ergens ga logeren.'

Lili lacht. 'Jij liever dan ik. Die rugzak lijkt me veel te zwaar.'

Noah geeft haar nog een keer de fles met water. 'Drink maar, dan hoef ik niet zoveel te sjouwen.'

Intussen zijn ze opnieuw het hele hyenaverblijf rond, maar er is nog steeds geen spoor te bekennen van Kaya.

'Moeten we een tweede rondje lopen?' vraagt Noah.

Hij klinkt een beetje zoals Lili zich ook voelt: hopeloos. Hoe moeten ze Kaya nu vinden? Ze voelt opnieuw hoe groot de dierentuin is. Als de hyena hier niet in de buurt blijft, moeten ze misschien opsplitsen om hem sneller te vinden. Met zijn drieën door een park lopen waar het steeds donkerder wordt vindt ze avontuurlijk en een beetje spannend. Maar in haar eentje... Lili schudt haar hoofd. Wildebras zei eerder ook: samen sta je sterker. Wat er ook gebeurt, ze blijven met z'n drieën bij elkaar. Dat weet ze zeker.

Wildebras zegt een tijdje niets. Ze kijkt naar hem.

Hij lijkt heel hard na te denken.

'Laten we eerst goed luisteren,' zegt Wildebras dan.

'O!' zegt Noah. 'Omdat je de lach van hyena's van heel ver kunt horen?'

Hij slaat meteen zijn handen voor zijn mond, want als je praat kun je niet luisteren.

Lili spitst haar oren. 'Ja!' fluistert ze even later.

Ook de andere twee lijken het geluid te horen. Even kijken ze enthousiast, maar dan...

'Dat zijn de andere hyena's,' zegt Noah teleurgesteld.

Lili hoorde het ook al. Het was het geluid van meer dan één hyena.

'Wat nu?' vraagt Lili.

Wildebras zucht. 'Ik ben bang dat we toch echt moeten rondlopen tot we Kaya vinden. Er zit niets anders op.' Dan zegt hij, hardop denkend: 'En ik denk dat ik weet hoe: we gaan de kracht van de dieren gebruiken.'

En alsof de dieren het ruiken, klinkt er ineens een enorm kabaal van verderop in het park. Geen hyena's, maar...

'Ganzen!' roept Lili.

'Die klinken opgejaagd,' zegt Wildebras. 'Kom, dan vertel ik onderweg wat ik bedoel met de kracht van de dieren. Als we die nog nodig hebben...'

5 NOAH

Noah voelt zijn hart tekeergaan terwijl hij Lili en Wildebras volgt. Eigenlijk zou hij zijn rugzak af willen doen, want die bonkt tijdens het rennen tegen zijn rug. Maar hij wil hem liever niet ergens achterlaten.

Hij besluit door te bijten.

Al rennend horen ze dat het geluid van de ganzen steeds harder wordt. 'Als we goed letten op de andere dieren, weten we misschien waar Kaya wel en niet naartoe zal gaan,' zegt Wildebras, een beetje buiten adem. 'En misschien ook waar ze net geweest is...'

Hij stopt met praten, want ineens zien ze haar alle drie, aan de andere kant van een enorme toom ganzen. Het lijken er wel twintig.

'Kaya!' fluister-schreeuwt Noah.

De hyena springt tussen de ganzen, die nog steeds met veel kabaal in de rondte

stuiven. Dan lijken ze het eindelijk zat en vliegen ze weg.

'Gelukkig is ze niet naar de struisvogels gegaan,' zegt Noah. Hij kijkt bezorgd naar het verblijf vlak bij de ganzen.

Wildebras knikt. 'Zeg dat, strijder! Al denk ik niet dat ze makkelijk bij hun eieren kan, maar...'

‘Ze rent weg,’ zegt Lili. ‘Kom, we moeten achter haar aan!’

Nu de ganzen er niet meer tussendoor vliegen, zien ze dat Kaya alweer verder is gegaan. Lili begint opnieuw te rennen. Wildebras gaat haar achterna, maar stopt even om iets van de grond op te rapen. Daarna gaat hij gauw achter Lili en de hyena aan.

Noah volgt de twee zo snel hij kan. Bij een splitsing haalt hij hen in. Hijgend steunt hij met zijn handen op zijn knieën. Wildebras stapt op hem af.

‘Sorry, ik had niet eens door dat je die zware rugzak nog had. Kom, ik neem hem over.’

Noah kan even niets uitbrengen en geeft de rugzak aan zijn oom. ‘Moeten we... niet... verder... rennen?’ vraagt hij uiteindelijk.

‘We weten niet zeker welke kant ze op is gegaan,’ zegt Lili. Ze klinkt beteuterd.

Ineens krijgt Noah een ingeving.

‘Wacht eens...’ zegt hij, terwijl hij rechtop gaat staan. Misschien is het de last die hij kwijt is. Of misschien komt het door zijn ingeving. In elk geval voelt hij ineens nieuwe energie door zich heen stromen. Hij kijkt Wildebras aan.

'Jij zei toch: we gebruiken de kracht van de dieren?'

Wildebras knikt.

'Hyena's zijn geen fan van leeuwen,' zegt Noah.

Nu lijkt Wildebras het te begrijpen. 'Ja! Deze kant op!'

Noah rent hem achterna, blij dat hij heeft kunnen helpen.

'Ho, wacht!' roept Lili, die het duidelijk nog niet snapt.

'We konden maar twee kanten op,' zegt Noah, toch alweer wat buiten adem. 'Rechts naar de giraffen, en links...'

'O!' onderbreekt Lili hem. 'Links zijn de leeuwen!'
Noah knikt. 'Daar zou Kaya niet zomaar heen rennen, dat ruikt ze meteen. Dus ze moet wel deze kant op zijn gegaan. Naar de giraffen.'

Hij kijkt onderweg nog steeds om zich heen. Je weet maar nooit of Kaya zich niet ergens in de bosjes heeft verstopt. Of doen hyena's dat niet? Hij schudt zijn hoofd. Kaya is in elk geval uit op avontuur. Hij begrijpt het ergens wel. Als hij een hyena was en er ineens een kans was om eropuit te gaan... ja, dan zou hij het ook wel weten. Maar na elk avontuur wil je toch het liefst weer in je eigen bed slapen? Dat zal Kaya vast ook willen. Ze moeten haar veilig terugbrengen.

'Laten we op zoek gaan naar duidelijke sporen,' zegt Wildebras. 'Dat betekent dus...'

Noah doet net zijn mond open, maar dan verrast Lili hem door meteen te antwoorden: '... dat we naar de dieren moeten kijken!'

Lili grijnst naar hem. 'Ik let soms best op als jullie wat zeggen.'

Wildebras lacht. 'Goed zo, strijder. Maar wat voor sporen moeten we volgen?'

Nu is Noah het snelst. 'Afvalresten! Zoals een zak die uit de prullenbak hangt.'

Intussen schemert het al, maar de drie kunnen net genoeg zien dankzij de verlichting in het park.

'Het wordt wel donker,' zegt Lili.

Wildebras knikt. 'Hopelijk kunnen we Kaya snel vinden. Anders gaat het heel erg moeilijk worden. Bovendien wordt de kans steeds groter dat we een bewaker tegen het lijf lopen. En dan hebben we helemaal een groot probleem.'

Ze lopen zo snel ze kunnen verder, terwijl ze goed om zich heen en op de grond kijken. Noah zoekt naar sporen aan de rechterkant van het pad, Lili aan de linkerkant. Wildebras loopt in het midden, maar lijkt overal te kijken. Toch zien ze geen spoor van Kaya.

'Wat als we haar niet vinden?' vraagt Lili.

Ze klinkt zo bezorgd als Noah zich voelt.

De schemer gaat langzaam over in nacht. Het is bewolkt en Noah ziet geen maan of sterren. Hij rilt een beetje. Niet van de kou, maar van de spanning.

'We gaan haar vinden,' zegt Wildebras zo opgewekt mogelijk. 'Het komt echt goed.' Maar intussen maakt hij zich flink zorgen. Wat als ze straks een bewaker tegenkomen? Wat moet hij zeggen? Dat ze de tijd helemaal waren vergeten? Maar daar zal de bewaker vast niet in trappen, nu het zo laat op de avond is. En wat dan?

'Hé,' zegt Noah ineens, en hij staat spontaan stil.

Wildebras en Lili kijken naar hem.

'Kijk, de giraffen.' Noah wijst.

Waar de giraffen normaal rondlopen of hun eigen gang gaan in het verblijf, staat er nu een groepje stil bij elkaar, vlak naast een van de lantaarns. Het lijkt of ze slapen.

Staand slapen? Ik zou kapotgaan. Maar dat is wat veel giraffen doen!
Waarom drinkt een giraffe met gespreide voorpoten? Omdat hij dorst heeft! Haha, ik ga stuk!

‘Ze zijn bang,’ zegt Noah, al weet hij niet goed waarom hij dat zegt. Maar dan herkent hij hoe stijf ze staan. Stijf van angst. Ze staan helemaal niet te slapen! De giraffen kijken allemaal in dezelfde richting.

‘Kaya moet hier ergens zijn. Of net zijn geweest,’ zegt Wildebras. ‘Goed gezien, Noah!’

Noah straalt. Op school doen ze soms stom tegen hem als hij wat vertelt. ‘Komt hij weer met zijn dierenverhalen,’ zeggen ze dan. Konden zijn klasgenoten hem nu maar zien! Alles wat hij over dieren heeft geleerd, kan hun nu heel goed van pas komen.

De giraffen lijken intussen wat te kalmeren. Eentje loopt van het groepje weg, een andere strekt zijn nek en trekt met zijn lange tong aan een tak bladeren. Maar Wildebras en de kinderen zagen net op tijd welke kant de groep op keek.

'We moeten dus bij de volgende kruising naar rechts,' zegt Lili, die al meteen in beweging komt.

Wildebras was haar al voor, en Noah volgt de twee. Ze rennen naar de kruising, een paar honderd meter verderop. Net als ze de bocht omgaan, is in één klap alles donker om hen heen.

De verlichting is uit.

6 WILDEBRAS

Ze staan alle drie meteen stil.

'Stroomstoring?' vraagt Lili zachtjes.

Ze is er spontaan door gaan fluisteren.

'Dat kan...' zegt Noah voorzichtig. Ook hij fluistert. Het is net een regel: met genoeg licht mag je praten. In het donker fluister je.

'Er zal vast wel noodstroom zijn,' zegt Wildebras. 'Maar wij hebben een groter probleem, want een hyena zoeken is extra moeilijk als het donker is.'

Noah wijst naar de rugzak die Wildebras nu om-heeft.

'Ik heb een zaklamp,' zegt hij, en loopt naar zijn oom toe. Wildebras voelt de rugzak bewegen terwijl Noah met zijn hand in het voorvakje voelt.

Even later knipt zijn neefje de zaklamp aan. 'Helemaal opgeladen,' zegt hij tevreden.

'Goed bezig, strijder!' Wildebras klopt hem op zijn rug en zet het op een drafje.

Hij is blij dat zijn neefje een zaklamp heeft, want hij weet niet hoelang de batterij van zijn telefoon blijft werken als hij de zaklampfunctie steeds gebruikt. En wie weet hoelang ze hier nog zijn?

Eigenlijk wel beter dat het donker is. Zijn koffer ligt natuurlijk nog bij de baobabboom. Als een bewaker zijn ronde doet, valt de koffer zonder licht een stuk minder op. Al zal de bewaker vast ook met een zaklamp rondlopen...

Hij gaat in zijn hoofd na waar voor hen het grootste risico zit om ontdekt te worden. Het Oceanium, natuurlijk. Het is de plek waar alle zeedieren de filters, pompen en verwarmingssystemen hard nodig hebben. Als hij bewaker was, wist hij het wel. Met een stroomstoring zou hij meteen kijken of de temperatuur nog wel klopt.

De plattegrond van de dierentuin zit in zijn hoofd. Hij is hier al zo vaak geweest. Ze gaan nu in de richting van de pinguïns, beseft hij. Dat is niet heel ver van het Oceanium af.

'Wacht!' roept Lili ineens.

Ze staan opnieuw alle drie stil.

'Ik stapte net ergens in en het voelde... heel vers.' Lili doet een stap naar rechts. 'Schijn daar nog eens op?'

Wildebras schijnt er met de zaklamp naar.

En dan ziet hij wat Lili bedoelt: een drolletje van een hyena. 'Goed gevoeld!' roept hij enthousiast.

‘Kaya is hier geweest!’ roept Noah, minstens zo enthousiast.

Wildebras is blij dat ze sporen van Kaya zien. Hij hoopt maar dat dit avontuur goed afloopt. Maar iets in hem zegt dat dit een lange nacht gaat worden. Zijn maag rammelt.

‘Laten we hopen dat Kaya een plek vindt waar ze wat langer blijft,’ zegt Wildebras. ‘Kom mee, strijders.’

Veel dieren gaan ’s nachts op zoek naar voedsel. By the way, ik lust nu ook wel wat…

De drie lopen door. Ze wisselen af met de zaklamp en Wildebras spitst ineens zijn oren.

‘Ik hoor iets,’ fluistert Lili.

Wildebras knipt de zaklamp uit. ‘In de bosjes.’

‘Nee,’ fluistert Lili, ‘iets verderop.’

Wildebras schudt zijn hoofd, maar beseft dan dat

Lili en Noah dat natuurlijk niet kunnen zien in het donker. 'Ik bedoel: we moeten schuilen,' fluistert hij dringend. 'In de bosjes. Nu!'

Noah en Lili komen snel in beweging, en niet veel later zitten ze tegen de stenen muur van een van de dierenverblijven aan. Vanachter de bosjes kunnen ze nog minder zien dan eerder op het pad, zeker nu de zaklamp uit is.

'Wat hoorde je dan?' vraagt Noah zachtjes aan Lili.

Wildebras probeert zo stil mogelijk te zitten. Hij is natuurlijk groter dan Lili en Noah, die makkelijk in de ruimte tussen de bosjes en het gebouw passen.

'Ik dacht dat ik een stem hoorde,' fluistert Lili terug. 'Een vrouwenstem.'

Ze zeggen nu alle drie even niets en luisteren ingespannen naar de geluiden in het donker. Er lijken uren voorbij te gaan, maar toch zijn het maar een paar minuten.

Wildebras denkt na. Hij kent de meeste medewerkers van de dierentuin wel, sommige vooral van gezicht, andere van naam. De bewakers die 's nachts werken, kent hij minder goed. Er is een vrouw die hem een keer streng heeft aangekeken toen hij iets te dicht bij een van de verblijven stond te filmen. Hij had toestemming om te filmen, maar dat wist ze toen niet. Ze was later heel aardig toen een van de verzorgers het aan haar uitlegde. Maar als je iets doet wat niet is afgesproken, en zij ziet het... Wildebras wil er niet aan denken hoe ze reageert op drie indringers die een hyena hebben laten ontsnappen. En daarom houdt hij zich heel, heel stil. Wat er ook gebeurt, ze mogen niet worden ontdekt. Als ze met z'n drieën alles weer goed kunnen maken...

Rechts naast zich hoort hij Lili ineens naar lucht happen. Daarna lijkt ze haar adem in te houden. Hij spitst zijn oren. Ja, nu hoort hij het ook. De stem komt dichterbij.

Het kan bijna niet, maar toch kruipt hij nog verder in elkaar. Intussen probeert hij toch te kijken of hij iets kan zien. Af en toe wordt het pad flets verlicht door een stukje maan dat tussen de wolken door piept, maar veel zicht geeft dat niet.

Ze schrikken alle drie op als er ineens een schim voorbijvliegt.

'Een kerkuil,' mompelt Wildebras in zichzelf.

Maar nu hoort ook hij die stem weer. En hoe dichter die naar hen toe komt, hoe beter de vrouw te verstaan is. Haar naam komt ook spontaan in hem op; die zag hij een keer op haar badge: Ashra.

Maar als ze aan het praten is, zou dat dan betekenen dat ze iemand bij zich heeft in het park? Hij dacht dat er altijd één bewaker was die contact hield met een centrale. Sterker nog: dat vertelde Ashra hem ooit zelf, toen hij een tijd terug met haar in gesprek was geraakt. Dat was nog bij de start van de verbouwing, toen de bewakers niet in de tijdelijke controlekamer zaten waarvandaan ze nu het park in de gaten houden. Misschien zijn er nu toch meer mensen nodig, want op bouwplaatsen worden soms dingen gestolen. Of...

Wildebras sluit even zijn ogen en schudt zijn hoofd. Hij beseft ineens wat het betekent dat Ashra niet alleen is. Want... dat betekent dat ze al back-up heeft ingeschakeld. Logisch! Vast omdat ze op de camera's hebben gezien dat er nog drie ongenode gasten in het park rondlopen.

Wildebras slikt zo veel mogelijk angst weg, maar merkt dat zijn ademhaling heel hoog zit. Moet hij zelf dan maar opstaan en Lili en Noah beschermen? Misschien kan hij doen alsof hij in z'n eentje hier rondliep. Dan komen zijn neefje en nichtje niet in de problemen.

Maar wat als ze op camera zijn gezien?

Hij komt er niet uit, en durft daarom nog niet te bewegen. Soms is afwachten het beste. Maar hij wordt steeds nerveuzer.

Er klinken intussen voetstappen. Vlak voor de bosjes blijven ze stilstaan.

Wildebras sluit zijn ogen.

Dit is het dan. Nu worden ze betrapt.

Het zweet breekt hem uit. Hoe kan hij dit uitleggen? Wat zal Ashra zeggen?

'Ik had eigenlijk zin in een rustige avond,' hoort hij vlak bij hun verstopplek.

Wildebras doet zijn ogen open en wil opstaan.

De bewaker staat vlak voor hen.

Maar ineens beseft Wildebras het: ze praat niet tegen hen, Ashra is met iemand aan het bellen.

7 LILI

Lili wil opgelucht ademhalen, maar houdt haar handen tegen haar mond gedrukt. De bewaker heeft hen nog niet ontdekt. Dat moet zo blijven. In het schijnsel van de telefoon ziet Lili tot haar opluchting dat de bewaker witte oortjes in heeft en aan het bellen is. Toch durft ze geen lawaai te maken. Haar moeder heeft soms haar koptelefoontjes op 'omgevingsgeluid' en dan hoort ze alsnog alles.

Intussen voelt Lili zich heel erg schuldig. Als zij niet in die boom was geklommen, was Noah haar ook niet achternagegaan. En dan was de tak nooit afgebroken, waren ze nooit bij de hyena's terechtgekomen, en was Kaya nooit ontsnapt.

Ze is verbaasd dat Wildebras niet boos op hen is. Haar ouders zijn soms al boos op haar als ze per ongeluk een glas omstoot.

'Kijk toch eens uit waar je loopt, Lili!' klinkt het dan.

Maar ze gaat nu eenmaal dansend door het leven. En dan weet je niet altijd waar je armen en benen rondhangen.

Nu is er geen sprake van dansen. Haar ouders en ook de meester op school zouden trots op haar zijn als ze haar nu zo stil zouden zien zitten. Ze grinnikt in zichzelf. Misschien moeten ze op school doen alsof ze alleen heel stiekem met haar schoolwerk bezig mag zijn. Dan is het net een avontuur om haar spelling te maken. Misschien dat ze dan wél langer stil kan zitten.

Maar net als nu zal ze dan toch worden afgeleid door alle ideeën en filmpjes in haar hoofd. Nu draait er een filmpje in haar hoofd waarin ze Kaya teruglokken naar het hyenaverblijf. Ook heeft ze een filmpje waarin ze betrapt worden en misschien wel naar de gevangenis moeten. Gebeurt dat eigenlijk? Worden kinderen ook in de gevangenis gestopt? Ze weet het niet zeker.

Dat laatste filmpje helpt om heel erg stil te blijven zitten. Zouden Noah en Wildebras ook dit soort filmpjes in hun hoofd hebben? Dat moet wel, want ze hoort hen bijna niet ademen. Ze zitten doodstil naast haar.

Intussen hoopt ze dat de bewaker niet te lang blijft bellen. Haar benen beginnen pijnlijk te tintelen. Ze probeert heel zachtjes anders te gaan zitten.

'Het zal wel weer een stroomstoring zijn, al mijn beeldschermen gingen op zwart,' hoort ze de bewaker zeggen. 'Maar ik snap het niet, verderop lijkt gewoon licht te branden. Misschien gaat het maar om een deel van het park.'

Wat de andere persoon zegt, hoort Lili natuurlijk niet. Het duurt een tijdje. Te lang.

Ze probeert opnieuw anders te gaan zitten. Als ze nu heel voorzichtig tegen de muur leunt, kan ze haar benen langzaam naar zich toe trekken. En dan kan ze zich geluidloos laten zakken. Lili probeert het zo voorzichtig mogelijk. Ja, het lukt! Zonder geluid te maken is ze op haar billen gaan zitten. Veel beter dan op haar hurken. Daar deden haar spieren echt pijn van. Ze wrijft zachtjes over haar bovenbenen. Die voelt ze nog steeds, maar ze voelt nu vooral opluchting.

Intussen klinkt de stem al verder van hen vandaan. De bewaker lijkt eindelijk weg te gaan! Lili houdt opnieuw haar adem in. Ze durft er bijna niet op te hopen...

'Ja, daar ga ik nu heen. Het noodaggregaat staat vast al aan, maar je weet maar nooit.'

Wat is dat nu weer voor woord? Lili fronst.

'Bedoelt ze een alligator?' vraagt ze fluisterend aan Wildebras als de bewaker ver genoeg bij hen vandaan is.

Wildebras lacht zachtjes. 'Ha, nee, geen alligator, maar een aggregaat: een apparaat dat stroom geeft als de stroom uitvalt. Het is noodstroom.'

'O!' Nu snapt Lili het. Logisch, want sommige dieren overleven het anders niet. Die hebben een warm hok of stromend water nodig.

‘Dan is ze dus nu naar de vissen?’ vraagt Noah.

‘Dat denk ik wel,’ zegt Wildebras. ‘Wij gaan de andere kant uit, ik denk dat Kaya daar is.’ Hij staat op. ‘Laten we dat meteen maar doen.’

‘Ja,’ zegt Lili, die ook opstaat, en dan zucht. ‘Maar Kaya kan overal zijn!’

Het voelt of ze nu heel snel moeten zijn, sneller nog dan eerder. De kans wordt steeds groter dat de bewaker hen betrapt of de hyena spot. Misschien kan zij Kaya teruglokken, denkt Lili, maar dan zal ze zich vast afvragen hoe de hyena is ontsnapt. En dan zitten Noah, Wildebras en zij alsnog in de problemen.

Wildebras knipt de zaklamp weer aan.

‘Hé,’ zegt hij dan, ‘daar komt Ashra denk ik vandaan.’

‘Wie?’ vraagt Noah.

‘De bewaker.’ Wildebras schijnt met zijn zaklamp naar een kantoortje verderop. ‘Ik herkende haar stem. Maar als ik het goed heb begrepen, doen de camera’s het nu dus ook niet meer.’

‘Een geluk bij een ongeluk,’ zegt Lili, die zoiets altijd al heeft willen zeggen.

Noah knikt. Maar omdat de anderen dat niet zien in het donker zegt hij gauw: ‘Jazeker.’

‘Ho!’ Lili maakt ineens een gek sprongetje. ‘Is dat een slang?’

Het moet niet gekker worden. Eerst een ontsnapte hyena, en dan nu een slang? Ze weet zeker dat ze iets in de bosjes achter de tijdelijke controlekamer van de bewakers zag kronkelen toen de zaklamp er net langs scheen.

'Waar?' vraagt Wildebras.

Lili wijst. In het licht van de zaklamp ziet ze dat het geen slang is, eerder een stuk speelgoed. Of toch niet? Een tuinslang misschien?

'Ah,' zegt Wildebras. 'Ze hebben de stroomkabel versierd, zodat niemand er per ongeluk op stapt. Als je buitenpalen gebruikt met een speciaal stopcontact, moet je zorgen dat de kabels goed worden beschermd.'

'Dat is dan niet goed gelukt,' zegt Noah.

Ook hij doet een stap dichterbij. 'Tenminste, de kabels zijn nog heel, maar... Kijk dan, alles ligt eruit.'

Lili voelt haar ogen groot worden. Ze snapt ineens hoe het zit.

'Niet doen!' zegt ze tegen Noah, die bijna naar de kabels stapt.

Noah kijkt om, ze kan net zijn verbaasde blik zien door het licht van de zaklamp.

Lili pakt de zaklamp over van Wildebras en schijnt vlak naast de kabels. Haar hart klopt in haar keel. Als ze gelijk heeft met wat ze denkt...

'Kijk,' zegt Lili, die er meteen weer van fluistert. 'Tandafdrukken... en daarnaast... Zijn dat hyenasporen?'

Wildebras en Noah zeggen het bijna tegelijkertijd. 'Ja!'

Lili houdt het licht erop en volgt dan de pootafdrukken.

'Een hyena heeft wel de kracht om zo'n set kabels

eruit te trekken,' zegt Wildebras. 'Maar dit betekent dus ook dat er geen echte stroomuitval is.'

Lili bestudeert de pootafdrukken. Ze wil weten welke kant ze op gaan. Maar het spoor lijkt dood te lopen.

Ze schrikken op als er een enorm gebrul klinkt. En nog een keer.

Lili ziet hoe Noah het uiteinde van de kabels snel verstopt. Het valt nu niet meer op dat alle stekkers niet meer in het stopcontact zitten. Slim, denkt Lili, dan duurt het iets langer voor iemand ontdekt dat daar het probleem zit. Tegelijkertijd denkt ze: rennen! Het zal niet voor niets zijn dat er ineens zoveel wordt gebruld in de dierentuin!

'Is Kaya dan toch naar de leeuwen gegaan?' vraagt Lili.

'Ik denk dat ze een beetje brutaal is geworden,' zegt Wildebras. 'En zo te horen vinden de leeuwen dat niet zo leuk.'

'Moeten we niet uitkijken voor bewakers?' vraagt Noah zenuwachtig.

'Ja,' zegt Wildebras, 'We moeten nu extra goed opletten.'

Ze vervolgen hun weg, half lopend, half rennend. Het duurt niet lang voor ze voor het leeuwenverblijf staan. Zonder het hardop af te spreken, verstoppen ze zich daar in de bosjes.

Weet je wie pas bazen zijn? Leeuwinnen. Deze ladies jagen in groepen. Respect, dames!

Leeuwen kunnen tot wel 6 meter ver springen. Say whaaat? Wat een strijders!

In dit deel van de dierentuin staan de lichten nog aan. Het maakt dat Lili extra goed wegkruipt. Ze zien intussen de leeuwen brullen en heen en weer rennen, maar van de bewaker is geen spoor te bekennen. Van Kaya trouwens ook niet.

'Wat een herrie! Waarom komt die mevrouw Ashra niet kijken wat er aan de hand is?' vraagt Lili, voor de zekerheid fluisterend. 'En wat als ze met een andere bewaker praat? Of is er altijd maar eentje?'

'Eentje in het park en eentje op de centrale,' antwoordt Wildebras.

'Misschien wordt er 's nachts vaker gebruld, en is ze eraan gewend geraakt?' fluistert Noah als antwoord op haar eerste vraag.

Lili herinnert zich ineens het telefoongesprek en de oortjes. 'Misschien hoort ze niks doordat ze steeds met haar oortjes in aan het bellen is.'

'Wat het ook is,' zegt Wildebras terwijl hij opstaat, 'ze is hier in elk geval niet.'

'Maar Kaya ook niet,' zegt Lili, die ook gaat staan.

Ze stappen alle drie achter de bosjes vandaan.

'O.' Noah wijst. 'De prullenbak!'

Voor hen staat, vlak naast een bankje, een prullenbak waarvan de inhoud er duidelijk met geweld uit is getrokken. Er liggen frietbakjes en lege pakjes drinken naast.

'Ik zie daar nog meer afval,' zegt Lili.

'Hm, misschien door Kaya gedaan? Ze kon via het bankje makkelijk bij de prullenbak komen. Laten we het spoor volgen. Je weet maar nooit,' zegt Wildebras, die bukt en iets in zijn zak stopt.

Lili heeft geen tijd om te vragen wat hij aan het doen is. Ze moeten weer gauw achter Kaya aan!

HAHAHiHA
HA
HiHAHiHAHiHA
HAHAHAHAHAHA
HiHiHiHi
HAHAHAA
HAHAHAH
HA
HiHiHA

8 NOAH

Noah kan zich niet herinneren ooit zo vaak door een dierentuin te hebben gerend. Zelfs in een hele dag zou hij nog niet zoveel heen en weer gaan! En dat zegt wat, want normaal wil hij alle dieren minimaal twee keer zien. Vooral de stokstaartjes. En de giraffen. Trouwens, de vissen ook. De krokodillen, de aapjes... Oké, bijna alle dieren wel.

Misschien kan hij niet zo goed filmen als Lili of Wildebras, hij kan wél goed met dieren omgaan. Later wil hij dierenarts worden, maar dan niet alleen voor honden en katten. Nee, hij ziet het helemaal voor zich: als hij groot is, werkt hij in de dierentuin. Alle dieren die ziek zijn, helpt hij. En dan krijg je dus gewoon geld terwijl je de hele dag gratis in een dierentuin rondloopt! Hij kan zich echt niets beters indenken.

Hij moet er alleen dan wel voor zorgen dat hij later

geen takken laat breken boven een dierenverblijf. En o ja, dat er geen wilde dieren ontsnappen. Dat is ook een goede om te onthouden. Want zo'n avontuur als dit, daar wordt hij heel erg moe van, hoe spannend het ook is.

Achter zich hoort Noah dat de leeuwen beginnen te kalmeren. Ze brullen minder hard en sommige gaan weer liggen.

Voordat Noah Wildebras en Lili volgt, gooit hij de ergste troep in de prullenbak. Hij houdt niet van rommel. Niet in zijn slaapkamer en ook niet op straat. Dan holt hij gauw achter Lili en Wildebras aan.

Verder op het pad ligt nog meer troep. Een kindermenudoos met dierenprint ligt in stukken gescheurd. Ook zien ze een felgekleurd Slush Puppie-flesje. Een voordeel is dat ze zo wel een duidelijk spoor hebben om te volgen.

Het spoor van afval houdt langzaam maar zeker op. Noah staat stil achter Wildebras en Lili wanneer ze alle drie even uithijgen.

‘Ik zie niets meer,’ zegt Lili.

‘We staan bij een kruising.’ Wildebras kijkt omhoog. ‘Doordat het nu donker is, zijn er ook geen rondvliegende vogels die nieuwsgierig naar een hyena kunnen zijn.’

Noah begint langzaam de moed te verliezen. Steeds als ze dichtbij zijn, is de hyena weer verdwenen. Hoe moeten ze haar ooit terugkrijgen? Het zal vast niet lang duren voor de bewaker de kabels weer terugstopt. Dan zijn ze ook al snel op de beeldschermen te zien. Of zou het nog een tijdje duren voordat alles is opgestart?

‘Wat is dat voor geluid?’ vraagt Lili ineens.

Ze zijn alle drie een tijdje stil en luisteren aandachtig.

'Nu hoor ik het niet meer,' zegt Lili. Ze klinkt beteuterd.

'Wat was het dan?' vraagt Wildebras. 'Het viel je vast niet voor niets op. Kun je het geluid nadoen?'

Lili schudt haar hoofd. 'Dat heeft geen zin. Ik heb het vast niet goed gehoord, dus laat maar.'

'Wat dan?' dringt Noah aan. Ze hebben nu geen enkel idee waar de hyena uithangt, dus ze moeten alle mogelijkheden onderzoeken, zelfs als het op niks uitloopt.

'Nou...' Lili klinkt aarzelend. 'Het leken... paarden. Ik hoorde gehinnik.' Ze haalt haar schouders op. 'Ik weet dat hier geen paarden zijn, dus ik heb het me vast verbeeld.'

Maar Noah veert op. 'De zebra's!' Hij roept het bijna tegelijk met Wildebras.

'De zebra's?' vraagt Lili verbaasd terwijl ze het op een rennen zet om de andere twee achterna te gaan.

'Zebra's balken,' zegt Noah, al een beetje buiten adem. 'Zo heet het geluid dat ze maken.'

'En dat klinkt als hinniken,' vult Wildebras aan. 'Goed gehoord, Lil!'

'Maar wacht,' zegt Lili. 'Zitten de zebra's niet vlak bij het hyenaverblijf?'

Het strepenpatroon van de zebra is vergelijkbaar met een vingerafdruk. Er zijn er geen twee hetzelfde!

Weet je wat helpt tegen muggen? Een shirt met een zebraprintje, serieus!

Zodra ze de hoek om rennen, hoeft niemand meer antwoord te geven op die vraag. Ja, de zebra's zijn in de buurt, maar daar hoeven ze niet eens meer heen. De gevlekte hyena die ze al die tijd door het hele park achternazaten, staat doodleuk bij de andere hyena's –

maar niet aan dezelfde kant van het hek als de rest.

Noah zucht diep. ‘Al dat geren was nergens voor nodig. We hadden gewoon hier kunnen wachten tot ze terugkwam naar haar familie.’

‘Ho even,’ zegt Wildebras. ‘We zijn er nog niet, hè? We moeten Kaya nog aan de andere kant van het hek zien te krijgen.’

‘Maar hoe krijgen we dat voor elkaar?’ vraagt Lili.

Wildebras denkt na. ‘We moeten de deur van de verzorgers sowieso weer gebruiken,’ zegt hij vervolgens.

‘Kunnen we dan meteen de camera pakken?’ vraagt Lili hoopvol.

Noah was al bijna vergeten dat die er nog steeds lag. Hoe kon dat nou? Hun hele avontuur begon ermee. Maar achter een hyena aan rennen maakt je misschien een beetje vergeetachtig.

‘Eerst Kaya maar veilig bij haar familie zien te krijgen. We moeten haar proberen te lokken,’ zegt Wildebras.

‘Maar hoe?’ vraagt Lili.

Wildebras haalt iets uit zijn linkerzak. Meteen daarna steekt hij ook zijn hand in zijn rechterzak.

Wacht eens... Noah herkent ineens wat er uit de eerste zak komt.

‘Struisvogelveren!’ zegt hij hardop.

Wildebras knikt. Uit zijn rechterzak haalt hij een

touwtje. 'Allebei onderweg opgeraapt. 'Ik heb nu alleen nog een stokje nodig,' zegt hij.

'Dus dát pakte je bij de prullenbak,' zegt Lili, die haar hoofd schudt en net als Noah op de grond rondkijkt.

'Is deze groot genoeg?' vraagt ze, op hetzelfde moment dat Noah een tak omhooghoudt.

Wildebras lacht. 'Allebei goed,' zegt hij.

'Ik had ook nog touw gehad,' zegt Noah. 'Mijn vaste avonturenuitrusting. Een hele rol.'

'Ik denk dat ik net genoeg heb,' zegt Wildebras. 'Maar anders mag je er meer touw bij pakken.'

Hij bindt aan beide stokjes wat veren vast.

'Hier wil Kaya vast mee spelen.'

'Huh,' zegt Lili, 'het is toch geen kat?'

Noah grijnst. 'Hyena's zijn eerder katten dan honden.'

'Ja, klopt helemaal,' zegt Wildebras. 'Ze zijn meer verwant aan katachtigen.'

'Cool,' zegt Lili. 'Kaya, kom je spelen?'

Het duurt even voor ze Kaya in de buurt van de ingang van de verzorgers krijgen. De hyena is heel snel

afgeleid en een paar keer zijn ze bang dat ze er ineens genoeg van krijgt en opnieuw wegrent.

'O nee,' zegt Noah, als ze eindelijk voor de deur staan. 'Er zit natuurlijk een slot op!'

Lili fronst. 'Maar wacht even... Was dat slot dan eerder wel open?'

'Wat ik nu ga doen mogen jullie meteen weer vergeten,' zegt Wildebras, 'maar ik heb een trucje. Zorgen jullie er intussen voor dat Kaya in de buurt blijft?'

Noah houdt samen met Lili de hyena op afstand bezig met het stokje. Even later hoort Noah een klik.

'Open! Lok Kaya nu maar hierheen,' zegt Wildebras.

Maar ze hoeven Kaya nauwelijks te lokken. Vlak bij de deur zijn de andere hyena's in aantocht. Noah hoort ze al.

'Ze hebben haar gemist,' zegt Lili.

'Dat denk ik ook,' zegt Wildebras. 'Het zijn heel sociale dieren.'

Ze sluiten met zijn drieën de deur wanneer Kaya veilig binnen is. Uit drie monden klinkt een opgeluchte zucht.

'Wat nu?' vraagt Noah.

'We moeten nog een paar dingen doen,' zegt Wildebras.

Noah en Lili knikken.

'Zullen we dan eerst je koffer ophalen?' stelt Lili voor.

Noah slikt. 'En we moeten ook nog je camera terug zien te krijgen...'

Ze kijken alle drie tegelijk naar de dichte deur, die weer terug in het slot is gevallen.

9 WILDEBRAS

'Ik ben bang dat die camera onze laatste zorg is,' zegt Wildebras.

Hij baalt er natuurlijk van dat hij zijn camera niet heeft, maar wil dat niet laten merken. En, stelt hij zichzelf gerust, er zit een stevige beschermhoes omheen, juist voor het geval dat een aap er ineens mee vandoor gaat. Of een hyena...

'Hopelijk vindt een van de verzorgers hem morgenochtend,' stelt hij zichzelf en zijn neefje en nichtje gerust. 'Maar voor nu kunnen we niet het risico lopen dat er weer iets misgaat.'

'Wat moeten we nu dan doen?' vraagt Lili.

'Ik denk dat we sowieso vannacht in de dierentuin moeten blijven,' zegt Wildebras. 'Als we morgenochtend doen alsof we de allereerste bezoekers zijn, kunnen we meteen naar de camera informeren.'

Noah en Lili kijken naar de grond. Ze voelen zich duidelijk schuldig.

Wildebras strekt zijn armen wijd zodat hij ze even een knuffel kan geven.

‘Dit is niet iets wat jullie expres hebben gedaan,’ zegt hij. ‘Er ging gewoon van alles mis. Dat is pech. Maar we lossen het zo goed op als we kunnen. Morgenochtend gaan we achter de camera aan.’

Zijn nichtje en neefje lijken wat vrolijker te kijken wanneer hij ze weer loslaat.

‘En we hebben een heel avontuur beleefd,’ zegt Lili grijnzend.

‘Goed dat je er al om kunt lachen,’ zegt Wildebras.

‘Maar dit was wel genoeg avontuur voor mij,’ zegt Noah droog.

‘Ook goed dat je daar nu achter bent.’ Wildebras lacht. ‘Kom, mijn koffer staat nog bij de baobabboom.’

Hij verwacht dat de koffer er nog zal staan. Door de donkergroene kleur is hij vast niet opgevallen. Gelukkig had hij zijn kleinere cameratas met de zebrastrap nog gewoon om gehouden. Anders was die zeker gespot als een bewaker langs de baobabboom was gelopen.

Ze lopen met zijn drieën naar de boom. Tot zijn opluchting ziet Wildebras zijn koffer achter de grote stam staan, precies waar hij hem eerder heeft achtergelaten.

'Volgende stop,' zegt Wildebras, 'de prullenbak bij de leeuwen.'

Noah grijnst. 'Hoeft niet,' zegt hij. 'Ik heb het afval al terug in de prullenbak gestopt.'

'Je bent een topper,' zegt Wildebras, 'maar laten we ook de afvalresten van Kaya opruimen die ze onderweg had meegenomen.'

Noah en Lili knikken. Ze lopen de weg terug, in de richting van het leeuwenverblijf. Onderweg rapen ze de kleine stukken afval op die ze tegenkomen, tot ze uiteindelijk alles in de prullenbak kwijt kunnen.

'Gaan we nu de kabels terugstoppen?' vraagt Lili.

'Dat lijkt me inderdaad het beste,' zegt Wildebras. 'Maar misschien moeten we eerst een plek zoeken waar we vannacht kunnen slapen. Ik denk namelijk niet dat we ongezien de dierentuin uit kunnen komen...'

Noah springt van zijn ene op zijn andere been, een brede grijns op zijn gezicht. 'Zie je wel dat het van pas komt dat ik een slaapzak bij me heb?'

Wildebras legt zijn hand op Noahs schouder. 'Goed zo, strijder. Daar kunnen jij en Lili misschien samen in slapen.'

'Maar... waar gaan we dan slapen?' vraagt Lili.

Ze kijkt niet alsof ze zich er al te veel zorgen over maakt. Haar ogen glinsteren. Wildebras moet er stiekem om lachen. Lili is veel te gek op avontuur. Trouwens, stiekem vindt hij het zelf ook wel spannend, een nacht in de dierentuin.

'Laten we niet te ver van de hyena's af gaan slapen,' zegt Wildebras. 'Achter het verblijf begint een stuk bebost park. We kunnen tegen het gebouw aan gaan liggen, dan zijn we uit het zicht. Of...' Hij kijkt de twee aan. 'We zouden ook in het reptielenhuis kunnen slapen. Het is daar een stuk warmer.'

'Leggen we daar eerst alles neer?' vraagt Lili.

Wildebras knikt. 'Ja, en daarna stoppen we heel voorzichtig de kabels terug, zodat alles weer bij het oude is.'

Het duurt niet lang voor Noah en Lili al hun spullen hebben uitgepakt. Ze hebben nog genoeg water, en Noah blijkt nog een zak met lekkers mee te hebben genomen.

'Dat is iets om straks te eten,' stelt Wildebras voor. 'Helaas geen frietjes vanavond, maar we hoeven in elk geval geen honger te lijden.'

Lili en Noah knikken. Ze lijken het niet erg te vinden om snoep als avondeten te eten..

Als ze Noahs slaapzak en de andere spullen zo goed mogelijk verborgen hebben, kijkt Lili even op haar telefoon.

'Volgens de weerapp gaat het nog een week niet regenen,' zegt ze.

Noah spiekt over haar schouder naar het scherm. 'En het wordt ook niet superkoud. Mazzel!'

Lili stopt haar telefoon weg in haar bodywarmer, daarna volgen ze Wildebras. Niet veel later staan ze voor de tweede keer die avond bij de tijdelijke controlekamer van de bewakers. De stekkers liggen er nog steeds naast.

Wildebras stopt ze voorzichtig terug in de paal naast de controlekamer. Met elke stekker die hij in het stopcontact steekt, springen er om hen heen meer lichten aan. Door het raam van het huisje zien ze de beeldschermen aangaan.

'Nu snel terug naar onze slaapplek,' fluistert Wildebras.

Ze zijn net de hoek om als ze van schrik alle drie stil blijven staan.

'... wat krijgen we nou?'

Het is de stem van Ashra.

Wildebras sluit zijn ogen. Nee. Niet nu. Niet nu ze het zo lang hebben volgehouden om niet ontdekt te worden. Hij draait zich om, klaar om eerlijk te vertellen wat er is gebeurd.

Maar er staat niemand.

Hij kijkt naar links. Daar ziet hij Lili en Noah wenken vanuit de bosjes. Snel gaat hij hen achterna. Hij spitst zijn oren om Ashra te kunnen volgen. De bewaker was duidelijk in de buurt.

‘Ja.’ Opnieuw hoort hij haar stem. ‘Toch iets tijdelijks. Ik ben verdorie net het hele park door geweest, maar het lijkt opgelost. Ik ga kijken hoe ik alle schermen goed aan de praat krijg, dat is soms een gedoe. Ik spreek je later!’

Ashra is niet te zien, dus luistert Wildebras ingespannen naar haar voetstappen. Pas als hij zeker weet dat ze in de controlekamer van de bewakers zit, tikt hij Lili en Noah aan.

‘We moeten nu heel snel terug. Er hangen geen camera’s op onze slaapplek, maar onderweg zijn die er misschien wel. Dus voordat alles is opgestart...’

Hij hoeft het niet verder uit te leggen. Lili en Noah volgen hem op de voet.

Wildebras haalt opgelucht adem als ze even later voor het reptielenhuis staan. Ze staan alle drie even stil voor ze naar binnen lopen. Op dat moment gaan de wolken net genoeg uit elkaar om een stuk hemel te laten zien. Wildebras ziet de maansikkel en een paar fonkelende sterren. Zijn nichtje en neefje kijken met open mond naar boven.

Ze hoeven niets tegen elkaar te zeggen. Het is duidelijk wat ze allemaal voelen: het grote avontuur van deze dag, de avond, en nu ook de nacht, is echt magisch.

Schorpioenen hebben een skelet aan de buitenkant. Stoer, toch?
Een steek van een zwarte schorpioen overleef je wel. Maar lichtgele schorpioenen zijn dodelijk. Gruwelijk, man!
Er leven ook slangen in ons land. De adder is zelfs giftig!
Het is net of een adder een beetje boos kijkt, maar dat komt door de schub boven zijn ogen.

Over ogen gesproken...
Een axolotl kan nooit zijn
ogen sluiten, want die strijder
heeft geen oogleden!
Say whaaat?
De anaconda
is de langste slang
ter wereld.
Na de TUINSLANG,
natuurlijk!
Alweer zo'n
lauwe grap!

Als ze het reptielenhuis in lopen, kijken ze eerst vol verwondering om zich heen. De hoofdlamp staat uit, maar de warmtelampen achter de raampjes van de verschillende reptielenverblijven geven net voldoende licht.

Eerder die dag hadden ze weinig tijd om andere dieren dan de stokstaartjes te bekijken. En toen ze Kaya achternazaten door de dierentuin hadden ze er geen aandacht voor. Maar nu, met Kaya veilig terug in het verblijf, voelt het anders. Zeker als ze een goede plek vinden in het zand vlak achter een neprots. Daar liggen ze niet alleen uit het zicht van bewakers die een ronde doen, maar het is er ook warmer en zachter dan op de harde, koude grond. Wildebras ziet dat zijn nichtje en neefje het best spannend vinden. Je slaapt niet elke nacht in een dierentuin. Er klinken vreemde geluiden en de omgeving is heel anders.

Noah gaat extra veel praten als hij zenuwachtig is, dat kent Wildebras wel van hem. Het ene na het andere dierenfeitje lepelt hij op. Wildebras besluit met hem mee te doen. Het leidt af; hoe moe ze ook zijn, ze moeten zich toch even ontladen. Het is zo'n spannende dag geweest! En het avontuur is nog lang niet voorbij. Niet alleen moeten ze uit handen van de bewakers zien te blijven tot het park opengaat, ook is er nog het probleem van de camera...

Dan besluiten ze zich toch klaar te maken om te gaan slapen.

Wildebras grijpt automatisch naar zijn camera om hem af te doen, maar zijn toestel ligt bij de hyena's. Hopelijk lukt het hun morgenochtend om de camera terug te krijgen. Anders is al hun werk vandaag helemaal voor niets geweest.

Lili en Noah ritsen de slaapzak open zodat ze er samen onder passen. Wildebras gaat naast hen liggen. Gelukkig is het hier niet koud. Als kussen gebruikt hij zijn opgerolde jas.

'Slaap lekker, strijders,' fluistert hij naar zijn neefje en nichtje. 'Morgen gaan we achter de camera aan.'

Al snel droomt hij over hyena's. In de droom zitten niet hij en Lili en Noah achter Kaya aan, maar achtervolgt Kaya hen drieën. Ze jaagt hen het hele park door, want ze wil dat Wildebras, Noah en Lili in het hyenaverblijf gaan en de hyena's de baas worden over de dierentuin. Net als Wildebras tegen Kaya wil zeggen dat hij liever in zijn eigen huis blijft wonen, klinkt er een schreeuw.

Het duurt even voor hij doorheeft dat de schreeuw niet bij de droom hoort.

Hij hoort het meteen opnieuw.

'Help!'

Het is Lili.

Opgelucht haalt ze adem.

'Sorry,' mompelt ze.

Noah gaapt aan één stuk door en wrijft in zijn ogen. 'Geeft niks,' zegt hij, bijna onverstaanbaar door een nieuwe gaap.

'Wat was er aan de hand?' vraagt Wildebras, die klaarwakker klinkt. 'Is alles oké?'

'Gewoon een enge droom,' zegt Lili. Ze schaamt zich een beetje. Maar aan die enge droom kon ze niets doen. Ze vindt het alleen vervelend dat ze de andere twee wakker heeft gemaakt.

'Oké.' Wildebras klinkt opgelucht. 'Laten we dan proberen om weer te slapen, als dat lukt.'

Dat hoeft hij tegen Noah geen twee keer te zeggen. Binnen een paar tellen ligt hij weer onder de slaapzak. Zijn ademhaling is diep en regelmatig.

Lili zou willen dat ze zelf zo makkelijk in slaap kon vallen. Maar ze ligt onrustig te draaien, net als Wildebras naast haar. Zou hij de hele tijd aan zijn camera denken? Lili hoopt maar dat ze die morgen meteen terug weten te krijgen. Ze hoopt ook dat de camera het nog doet. Aan een kapotte camera hebben ze niks, natuurlijk. En dan moeten ze weer alles opnieuw gaan filmen... Maar daar denkt ze liever niet aan.

Lili kijkt om zich heen. In sommige afgesloten verblijven brandt het licht altijd wel een beetje. Ze vindt het alleen wel lastig dat ze daardoor soms dieren ziet bewegen.

Doe dan gewoon je ogen dicht, spreekt ze zichzelf toe.

Toch schieten haar ogen af en toe als vanzelf weer open als ze denkt dat ze iets hoort. Pas na een lange tijd valt ze eindelijk opnieuw in slaap.

Lili weet niet goed waar ze is als ze haar ogen opent. Ergens klopt het niet. Haar bed ligt anders. Ze zou natuurlijk bij Wildebras logeren. Ineens kan ze zich niet herinneren dat de woonkamer van haar oom er zo uitziet...

Dan gaat ze met een schok rechtop zitten.

Links van haar liggen Wildebras en Noah, zo te zien nog diep in slaap.

Om haar heen zijn de hokken van de reptielen.

Ze weet het weer.

Lili wrijft in haar ogen en rekt zich uit. Ze is meteen klaarwakker. Dezelfde kriebels die ze gisteren had zijn terug. Het avontuur is nog niet voorbij! Ze moeten zorgen dat ze niet betrapt worden. En natuurlijk moeten ze de camera van Wildebras te pakken zien te krijgen. Dat is misschien nog wel het moeilijkste van alles. Hoe laat zou het zijn? Ze kon haar telefoon niet meer opladen, maar misschien zit er nog wat in de batterij.

Even later neemt ze stiekem een selfie met de slapende Wildebras en Noah. Grinnikend bekijkt ze de foto. Die laat ze nog wel een keer aan hen zien.

'Bijna zeven uur,' mompelt ze tegen zichzelf wanneer ze de tijd ziet. En er zit nog 9 procent in de batterij. Voor de zekerheid doet ze haar telefoon uit. Dan kan ze hem tenminste nog gebruiken als dat nodig is. De dierentuin gaat pas over twee uur open. Ze besluit nog even te gaan slapen en draait zich om. Tegen het licht trekt ze haar bodywarmer over zich heen, net over haar ogen.

'Hé, slaapkop!'

De stem van Wildebras klinkt in haar oor. Er wordt zachtjes aan haar schouder geschud.

Lili gaat rechtop zitten. Ze is dus toch weer in slaap gevallen.

'Het is halfnegen,' zegt Noah. 'Het park gaat bijna open.'

Er klinkt een hard knorrend geluid van een rammelende maag. Van Wildebras zeker. Die heeft gisteravond niet veel snoep gegeten. Lili heeft ook trek, maar ze moeten nog even wachten tot ze kunnen ontbijten.

'Het toiletgebouw hier vlakbij is open,' zegt Wildebras. 'Gaan jullie je maar even opfrissen en naar de wc, dat heb ik ook net gedaan. Daarna leg ik uit hoe we het beste kunnen lopen om de camera's te ontwijken.'

Het duurt niet lang voor ze daarna ook hun spullen opnieuw hebben ingepakt.

'Zullen we nog even bij de hyena's kijken? Misschien dat we iets kunnen bedenken om de camera te pakken,' stelt Lili hoopvol voor.

'Worden we dan niet ontdekt?' vraagt Noah.

'Ik denk dat ik de rondes van de bewakers aardig ken,' zegt Wildebras. 'Bij de hyena's komen de verzorgers pas later op de ochtend, als de dierentuin al open is. We kunnen in dit stuk van het park dus wel veilig rondkijken. Maar dat wil niet zeggen dat we niet goed moeten opletten. We willen natuurlijk niet op het allerlaatste moment betrapt worden.’

Toch wat zenuwachtig staat Lili even later bij het hyenaverblijf.

Ze ziet Wildebras naar zijn tas grijpen, maar dan lijkt hij zich te bedenken.

Haar schouders zakken. Arme Wildebras. Hij dacht vast nog even wat leuke beelden op te nemen, maar dat kan nu natuurlijk niet.

Ze zwijgen een tijdje, en kijken alle drie naar de spelende hyena’s verderop.

‘Hé, kijk nou!’ zegt Noah ineens.

Een van de hyena’s is druk aan het spelen, maar niet met het speelgoed dat normaal gesproken in het verblijf ligt. Hij heeft iets wat er heel erg uitziet als...

‘De camera!’ roept Lili. ‘Huh, het is net of hij cameraman is geworden.’

‘Hij heeft het riempje ontdekt en op een of andere manier om zijn nek gekregen,’ zegt Wildebras. ‘O! Als we hem nu kunnen lokken... Kijk hoe hij ermee aan het spelen is!’

Lili grijnst. ‘Ik heb wel een idee.’ Ze haalt de twee zelfgemaakte speeltjes met de struisvogelveren tevoorschijn. ‘Gisteren heb ik ze in mijn rugtas gestopt. Ik vond ze echt cool.’

‘Goed gedaan!’ roept Noah enthousiast.

Ze gaan met zijn drieën bij het hek staan. Lili geeft de speeltjes aan Wildebras en Noah.

‘Ik zoek snel op hoe die hyena heet,’ zegt ze. ‘Misschien helpt het als ik zijn naam roep!’

Ze verdwijnt naar de plakkaten aan de voorkant van het hyenaverblijf. Het is gelukkig makkelijk om uit te vissen wie deze hyena is, want het is de grootste: Ramses. Snel gaat ze terug naar de anderen.

Wildebras en Noah hebben de stokjes met de veren door het hek gestoken.

‘Pak ze, Ramses!’ moedigt Lili aan.

‘Ik hoop wel dat hij dit leukere speeltjes vindt dan die camera,’ zegt Noah.

‘Kom maar, Ramses!’ roept Wildebras nu ook.

Ze moedigen om beurten de hyena aan en wisselen af met het bewegen van de veren.

De hyena wandelt steeds heen en weer, maar elke

keer als het net lijkt of hij dichterbij komt, rent hij een stukje weg.

Ze blijven het proberen. Lili begint langzaam de hoop te verliezen; het lijkt echt niet te lukken.

'Oké,' zegt Wildebras, als Ramses voor de zoveelste keer een loopje met hen neemt en op het laatste moment bij hen wegrent als ze denken dat hij stil blijft staan. 'Ik denk dat dit hem niet gaat worden.'

Lili laat haar schouders zakken. Jammer. Het leek zo'n goed idee.

'Wacht!' roept Noah dan.

Lili had zich al omgedraaid. Snel keert ze zich naar Noah om.

Wildebras komt achter hen staan. 'Wat krijgen we nou?' roept hij verbaasd.

Ramses lijkt door te hebben dat ze niet meer willen spelen. Nu loopt hij recht op hen af, de camera half achter zich aan meesleurend in het zand.

'Komt hij gedag zeggen of zo?' vraagt Lili verbaasd.

Het lijkt wel iets uit een boek. Of zijn hyena's gewoon slimmer dan wij denken?

Wat het ook is, Ramses staat nu zo dichtbij dat ze hem kan aanraken als ze haar hand uitstrekt. Dat doet ze natuurlijk niet. Maar o, wat is de camera dichtbij! Jammer van dat hek...

Ineens buigt Ramses zijn kop. Het lijkt alsof hij

genoeg heeft van het riempje en ervan af probeert te komen. Hij buigt dieper en dieper, tot zijn neus bijna de grond raakt. Alsof hij precies begrijpt hoe het werkt, schudt hij in een snelle beweging het bandje van de camera van zijn nek af.

'Ik heb veel gezien...' zegt Wildebras.

'... maar zoiets nog nooit,' maakt Lili zijn zin af.

Noah schudt zijn hoofd. 'Wat een dier.'

Nu Ramses bevrijd is van het riempje en het gewicht van de camera, haast hij zich naar de andere hyena's, maar niet voordat hij in een snelle beweging beide verentakken heeft opgeëist. Verderop zien ze de veren in de rondte vliegen wanneer de andere gevlekte hyena's er ook mee willen spelen.

'Ik denk dat ze ze snel gesloopt zullen hebben,' zegt Noah droog.

'Schiet op,' zegt Lili, 'we moeten nu die camera pakken!'

Maar het hek is hoog en de camera past niet door het gaaswerk heen. Alleen de band kan er deels doorheen.

'We kunnen het hek niet stukmaken,' zegt Noah. 'Hoe krijgen we hem er nu uit?'

Ze hurken bij het hek en kijken rond.

'O!' roept Lili ineens. 'Ik heb het!' Ze draait haar hoofd naar Noah. 'Jij hebt toch touw meegebracht?'

'Ja.' Noah haalt het met een niet-begrijpende blik uit zijn tas.

Wildebras fronst.

'Wacht maar,' zegt Lili.

Ze bindt het uiteinde van het touw om een kleine, stevige tak. Dan stapt ze een stuk naar achteren, weg van het hek. Ze wikkelt de rol touw af tot ze een eind heeft dat lang genoeg is, en slingert dan de tak over het hek. Door het gewicht van de tak zwaait het touw over het hek heen.

Wildebras lijkt nu te begrijpen wat ze van plan is. 'Wow, cowgirl!'

Hij bukt bij het hek als de tak aan de andere kant is neergekomen. Door het hek heen maakt hij het uiteinde van het touw vast aan de band van de camera.

'Zit-ie vast?' vraagt Lili.

Noah steekt zijn duim op. Lili knikt en trekt met het touw de camera omhoog aan de andere kant van het hek. Maar wat nu? Ze had nog niet verder bedacht hoe het moest, alleen dat de camera over het hek heen moest.

'Als ik "nu!" zeg,' stelt Wildebras voor, 'trek je hem in één keer over het hek heen, en dan vang ik hem op.'

Lili knikt. Maar ze houdt haar adem in als ze de camera door de lucht ziet gaan. Het lijkt of de camera er expres extra langzaam over doet om neer te komen.

'Yes!' zegt ze opgelucht als Wildebras de camera tegen zich aan klemt.

Ze kan bijna niet geloven dat het echt is gelukt. Snel komt ze naast Wildebras staan. 'Is hij nog helemaal heel?'

Wildebras geeft hem aan Lili terwijl hij zijn cameratas opent.

Lili bekijkt de camera van alle kanten. Er zit wat zand op, maar hij lijkt niet beschadigd.

'Wat is dat eigenlijk voor lampje?' vraagt Noah nieuwsgierig.

Lili fronst. Lampje?

Dan kijkt ze omlaag. Ze ziet inderdaad dat er wat knippert op de camera. Haar ogen worden groot als ze de melding op het scherm ziet staan.

'Het is...' Ze kijkt op naar Wildebras en Noah, die nu aan weerskanten van haar staan. 'De geheugenkaart zit vol.'

‘Wow,’ zegt Wildebras, die even naar adem lijkt te happen.

Lili schudt haar hoofd, ze kan het niet geloven. Maar het moet toch waar zijn. Ze zegt het hardop, alsof ze het dan pas echt beseft. ‘De camera heeft dus al die tijd opnames gemaakt...’

11 NOAH

Noah kon al niet wachten tot de dierentuin weer openging, maar nu helemaal niet meer. Normaal is dat omdat hij een dag naar de dierentuin wil en al vroeg wakker is. Deze keer is het juist omdat hij naar huis wil. Of eigenlijk: naar het huis van zijn oom. Wat voor beelden zouden de hyena's hebben opgenomen?

'Kunnen we niet nu alvast kijken?' vraagt hij.

'De batterijen zijn bijna leeg,' zegt Lili. 'We kunnen beter wachten.'

Ze zet de camera uit, ook al kijkt ze erbij alsof ze net als Noah liever meteen ging kijken.

Noah kijkt zijn oom vragend aan.

'Ik heb reservebatterijen,' zegt Wildebras, 'maar ik denk dat Lili gelijk heeft. Laten we eerst zorgen dat we onopvallend het park uit kunnen sluipen. Het zou jammer zijn als we op het laatste moment nog gesnapt worden.'

Dat geeft Noah toch een zenuwachtig gevoel. Wat als ze na al hun avonturen vlak voor openingstijd alsnog worden betrapt door een bewaker? Komen ze dan erg in de problemen?

'Via de zijuitgang maken we de meeste kans om ongezien weg te gaan,' zegt Wildebras. 'Bij de hoofdingang is het veel drukker. Bij de zijingang gaat er een draaihek van het slot en kunnen we er zo uit glippen.'

'Lili knikt. 'Oké. Dus we moeten nu met onze spullen die kant op?'

Wildebras knikt. 'We lopen nog één keer terug naar onze slaapplek. Controleer goed of jullie echt alles mee hebben genomen en we de boel netjes hebben achtergelaten.'

Als ze een kwartier later weglopen van hun slaapplek kijkt Noah nog een keer achterom. Het had wel wat, in de dierentuin slapen. Hopelijk kunnen ze dat van de zomer nog vaker doen. Alleen dan niet bij de reptielen, maar ergens buiten, vlak bij de stokstaartjes Of bij de giraffen. Of... Eigenlijk vindt hij alle plekken in de dierentuin wel cool.

Enkele minuten over negenen arriveren ze bij de zijingang en ziet Noah het draaihek. Ja, ze zijn er bijna! Plots voelt hij een hand van Wildebras op zijn schouder. ‘Snel, er komt iemand aan!’ fluistert zijn oom, en hij trekt Lili en Noah met zich mee.

Ze duiken zo snel als ze kunnen achter een struik en ze zijn nog maar net uit het zicht als een dierenverzorger met een emmer fluitend aan komt lopen.

Ineens ziet Noah iets op het pad liggen. De hoed van Wildebras! Die moet hij zijn verloren toen ze de bosjes in doken. O, als de dierenverzorger die maar niet ziet en de hoed meeneemt. Noah weet dat zijn oom er erg aan is gehecht.

Lili en Wildebras zien het nu ook. Ze kijken met grote ogen naar de hoed op het pad. Wildebras voelt nog even op zijn hoofd, om er zeker van te zijn dat hij zijn hoed echt is verloren.

Op dat moment horen ze een krassend geluid en klapwiekt er een reiger vlak voorbij.

De dierenverzorger kijkt op. 'Jaja, jij wilt zeker eten uit mijn emmer hebben, hè? Maar dat gaat mooi niet gebeuren. Deze garnaaltjes zijn voor de ibissen.' Hij loopt gauw verder, zonder de hoed te zien.

Wildebras, Lili en Noah blijven nog een paar minuten stilletjes achter de struik zitten. Pas als ze zeker weten dat de dierenverzorger echt is doorgelopen, kruipen ze achter de struik vandaan. Noah rent naar de hoed en geeft die aan Wildebras, die hem dankbaar opzet.

Snel glippen ze via het draaihek de dierentuin uit.

Eindelijk! Noah haalt opgelucht adem. Pas nu voelt hij hoe spannend hij dit vond. Als hij naar Wildebras en Lili kijkt, ziet hij dat ook zij opgelucht kijken.

Het fietsritje naar Wildebras' huis vliegt gelukkig zo voorbij.

Een avontuur met een goede afloop, denkt Noah tevreden. En dan is er ook nog de verrassing: wat staat er op de camera?

Ze maken snel ontbijt klaar zodat ze niet met knorrende magen op de bank zitten.

'Daar gaan we dan, met de hyenabioscoop,' zegt Noah.

'Verheug je niet te veel,' waarschuwt Wildebras.

Hij gaat met zijn laptop op schoot tussen hen in zitten.

'Waarom niet?' vraagt Lili.

'Ik ben bang dat de beelden niet bruikbaar zullen zijn,' zegt Wildebras. 'Voor ons is het misschien leuk om terug te zien, maar als je ziet hoe Ramses heen en weer sprong met de camera om zijn nek...'

Noah lacht. 'Ja, het zal wel lekker wiebelig zijn.'

'Kunnen we al kijken?' vraagt Lili ongeduldig.

Wildebras lacht en opent de videomap op zijn laptop. Even later kijken ze alle drie toe hoe het avontuur begint: de camera heeft al opgenomen vanaf het moment dat Lili en Noah uit de boom vielen. Wildebras heeft gelijk, veel beelden zijn wiebelig. Maar Noah voelt vrolijke kriebels in zijn buik als hij ziet dat er ook heel veel geweldig materiaal is. Ze komen niet eens aan de beelden van de stokstaartjes toe.

Ook Wildebras lijkt steeds enthousiaster.

'Ik ga alle beelden bewerken. Vanavond voor het slapengaan doen we de grote videopresentatie,' belooft Wildebras. Hij zwaait met de camera. 'En daarna zet ik de eerste video online. De stokstaartjes bewaren we wel voor de volgende keer.'

De rest van de ochtend spelen Lili en Noah bordspelletjes. Af en toe kijken ze wat Wildebras met de opnames doet.

Vooral Lili wil van alles leren over videobewerking. 'Dit wordt gewoon een hele reeks,' zegt ze enthousiast als ze ziet hoeveel bruikbare filmfragmenten Wildebras heeft.

Hij knikt. 'Ik denk dat ik hier zeker vier afleveringen van kan maken.'

Noah en Lili mogen na de lunch samen popcorn halen voor 's avonds bij de video's. Dat leidt gelukkig een beetje af. Maar de middag duurt veel te lang, vindt Noah. Tegen de avond heeft hij het gevoel dat de nacht in de dierentuin alweer weken geleden was. Hij heeft nu extra veel zin om de video's te bekijken, zodat hij alles weer kan terughalen. Het is bijna jammer dat ze van de hele jacht op Kaya niets hebben opgenomen. Aan de andere kant is dat misschien maar goed ook, want het is niet de bedoeling dat iemand erachter komt dat ze haar hebben laten ontsnappen.

Ze halen frietjes en kaassoufflés, en tijdens het eten vertelt Wildebras van alles over de bijzondere eetgewoonten van sommige dieren.

Miereneters eten...
mieren, duh! Hun tong
is net een plakkerige
mierenlolly.

Er zijn honderden
soorten bamboe, maar
de panda lust er maar tien.
Een moeilijke eter,
deze strijder!

Een wurgslang
eet maar één keer per maand.
Dat lijkt op een streng dieet!
Maar als ze op jacht gaan kiezen
ze wel meteen voor een
grote prooi.

Na het eten gaat Wildebras met zijn laptop op de bank zitten om het laatste montagewerk te doen. Een halfuur later zegt hij opgewekt: 'Zo dan!'

Noah en Lili kijken op van de tafel, waar ze een kaartspel speelden.

'Zijn ze af?' vraagt Lili. Ze legt meteen haar kaarten neer.

'Hé,' zegt Noah, want hij stond op het punt om te winnen.

Maar als Wildebras knikt als reactie op Lili's vraag is ook hij de kaarten snel vergeten. Hij en Lili stoppen de speelkaarten terug in het doosje en gaan snel naar hun oom toe.

Het is een verhaal geworden in vier video's. Voor de zekerheid is niet te zien hoe de camera in het hyenaverblijf belandde ('Laten we niemand aanmoedigen om expres zo'n stunt uit te halen,' zegt Wildebras), maar zo'n beetje alle andere beelden bleken wel bruikbaar. In de laatste video heeft Ramses zelfs een rol als cameraman – nou ja, camerahyena. In het stuk dat hij naar Wildebras, Lili en Noah toe loopt, kun je namelijk goed zien hoe hij zich niet al te snel liet afleiden door hun speeltjes. Noah moet lachen omdat het er heel grappig uitziet. Ja, ze staan er een beetje door voor schut, maar dat maakt het juist leuk. De video's vertellen nu het verhaal dat de hyena's er zelf van maakten. Dat maakt het extra bijzonder. Je ziet hyena's die samen spelen, de camera besnuffelen en in close-up gekke streken uithalen. Onder sommige kunstjes heeft Wildebras grappige geluiden geplakt. Noah kijkt soms met open mond toe, het moment erna moet hij zo hard lachen dat hij tranen in zijn ogen heeft. En op andere momenten kan hij niets anders denken dan: 'Wat zijn gevlekte hyena's toch schattig.'

Als de laatste video is afgelopen, leunen ze alle drie tevreden naar achteren.

Noah neemt nog een handje popcorn. Hij grijnst van oor tot oor. 'Deze video's kunnen allemaal online, zo goed zijn ze!' zegt hij op een toon van iemand die films beoordeelt.

'Mee eens,' zegt Lili op net zo'n serieuze toon.

'Ik zet de eerste video online, de rest van de reeks plan ik in voor de komende tijd,' zegt Wildebras. 'Morgen kijken we wat mensen ervan vinden. Want...' Hij kijkt zijn neefje en nichtje aan. '... het is intussen hoog tijd om te gaan slapen – maar deze keer écht bij mij thuis.'

Lili grijnst, en Noah staat op.

Als ze allemaal welterusten hebben gezegd gaat Wildebras naar zijn slaapkamer. Eenmaal in bed (dat ligt toch een stuk lekkerder dan op de grond in het reptielenhuis) merkt hij dat zijn ogen bijna vanzelf dichtvallen. Het enige wat hij nu mist is die mooie maan van gisternacht vlak voor ze het reptielenhuis in gingen. En misschien toch ook het slapen tussen de dieren.

Maar ook zonder alle dieren valt hij bijna meteen in slaap. Opnieuw droomt hij, maar deze keer staat hij weer voor de camera. Die moet hij verdedigen, want alle dierentuindieren willen de camera opeten óf ermee spelen, zoals de hyena. Elke keer weer moet hij de

dieren streng vertellen dat zijn camera geen speelgoed of eten is, en Noah en Lili helpen hem om uit te leggen wat de dieren normaal wél eten. Wildebras woelt in zijn bed, tot zijn droom tot een goed einde komt. Alle dieren hebben te eten. Zijn camera is veilig. Er verschijnt een tevreden glimlach op zijn gezicht.

DE VOLGENDE OCHTEND...
WAJOW! WAT IS DIT DAN?!
KOM DIT FF CHECKEN!
BAM
HAGEL
LAAT ZIEN!
LAAT ZIEN!
CHILLEM... EERST OPSTARTEN.
WACHT... ZOVEEL LIKES?! ONMOGELIJK!
GAAT KWIJT, HOOR!
pling
pling
pling
pling
pling
HA, DE GEVLEKTE HYENA KREEG NOG NOOIT ZOVEEL AANDACHT!
WOW, EN OOK ZOVEEL COMMENTS!
plong
plong
plong
plong
plong
plong
WAAH!!!
WE GAAN VIRAL!!!

ROMMEL
ZEG, GAAN WE ZO ONTBIJTEN? IK LUST WEL EEN OLIFANT!
ACH, JIJ HEBT ALTIJD TREK!
WACHT FF, NOG EVEN VRAGEN BEANTWOORDEN.
ALS JE DAARMEE KLAAR BENT... BLIJFT ER NOG ÉÉN BELANGRIJKE VRAAG OVER.
EH..?
WAT DAN?
WANNEER GAAN WE WÉÉR EEN VLOG OPNEMEN?!
WAHAHA!!!
HAHAHA!!!
EINDE

Sla deze pagina snel om...

Wajo,
nog een paar leuke
dierenweetjes!

Wist je dat luiaards voor hun doen snel kunnen zwemmen? Deze waterratjes kunnen zich in het water drie keer zo snel bewegen als op het land.

Wist je dat een giraffe een blauwe tong heeft? Dat is niet omdat hij aan een smurfenijsje heeft gelikt, mattie! De blauwe kleur beschermt zijn tong tegen de felle zonnestralen.

Wist je dat zebra's elkaar kunnen herkennen aan hun strepen? Respect, strijder!

Wist je dat ganzen al in de Romeinse tijd als 'waakhond' werden gebruikt? Handig, hoor, zo'n gakkende strijder!

FAKA LEESBEESTEN!

Mijn naam is Gabs Wildebras. Leuk dat je mijn boek hebt gelezen!

Al sinds ik een kleine jongen was, hou ik van dieren en dat is door de jaren heen alleen maar gegroeid.

Ik deel mijn passie en liefde voor de dieren met jullie door elke week een nieuwe video te droppen. En nu ook door boeken over ze te maken. Zorg dat je niks van mijn gruwelijke avonturen mist.

Je kunt me volgen op:

@wildebras.official
@wildebras.official

Ik zie je daar!
Wildebras

PS Wajo, er volgen nog
veel meer boeken
van mij.
Dus hou mijn
filmpjes
in de gaten,
strijders!